# 只用
# 50個開頭語
## 就能輕鬆
# 開口說英文

大衛・泰恩 著
黃筱涵 譯

最低限の単語力でもてっとりばやく英語が話せる

# 目錄

CHAPTER **2** 表達心情
——搭配情緒的萬能附和句型

**Bonus Track**　其他可以聰明推動話題的方便小技巧

# 懂的單字很充足，
# 為什麼卻開不了口呢？

　　為什麼無法開口說英語呢？

　　舉例來說，「光是國高中就學了六年英語，應該懂很多單字與文法了，但是真的遇到英語對話需求時，卻什麼也說不出口。」相信有很多人都遇過這種情況吧？

　　如果你不是需要從頭好好學起的零基礎者，而是**想迅速變得能夠開口說英語的人**，那麼本書正好適合你。

　　我在日本教英語已經有三十年的經驗了，這段期間一直在思考，為什麼日本人無法開口說英語呢？

　　當然箇中原因不只一個，這種狀況的背後，是由複雜的環境與社會因素交織而成，且每個人之間的差異也相當大。

　　但是我最近發現了一個因素，恐怕是最大的元凶。

　　那就是，大多數的日本人都**不知道母語人士常用的「開頭語」**。

　　不太會說英語的人，開口時很容易陷入的窠臼，就是不斷重複相同的句型，幾乎都以「I think...」、「Do you...」、「What do you...」等句型開頭。

　　想不出適合的開頭語時，就會連原本應該很熟悉的基本單字也想不起來。照理說光靠國高中學到的英語單字，就能夠應付許多會話了，但是卻無法實際運用這些單字以及相關知識。

　　不過，只要熟悉用途廣泛的「開頭語」，就算只懂最基本的英語單字，也能夠多多開口說英語。

## ▶ 不知道「開頭語」才開不了口

這邊舉一個具體的例子。

各位要表達「一個人住真的很棒」時會怎麼說呢？

在公布正確答案前，我先給一個提示。

相信各位都知道 Nice to meet you. 這個句子，這是最常見的打招呼用語，意思是「很高興見到你」。

事實上，這裡的 Nice to... 是 It's nice to... 的省略型。

或許有很多人聽到 Nice to...，就會自動想到 Nice to meet you.，如此一來就太可惜了。

**Nice to...（It's nice to...）可不是專屬於 Nice to meet you. 的句型。**Nice to...（It's nice to...）的意思是「很開心能夠～／～是好事」，能夠在各種情況中表現喜悅，也能夠在想表達正面感想時派上用場，是非常方便的開頭語。

接下來，試著把這個開頭語應用在剛才說的「一個人住真的很棒」的句子上吧。這邊將「一個人住真的很棒」轉換成「很開心能夠一個人住」，就適用於 It's nice to... 了對吧？那麼「一個人住」就用 live alone 來表達吧。

如此一來，就可以知道**正確答案是** It's nice to live alone.。

只要熟悉 It's nice to... 這個開頭語，能夠用英語表達的事情就大幅增加了。

## 無法開口說英語的人問題出在哪裡？

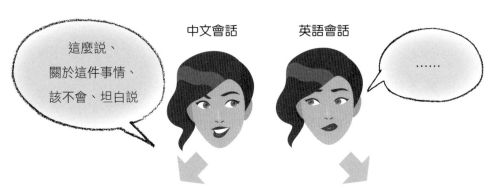

中文會話

這麼說、
關於這件事情、
該不會、坦白說

英語會話

……

後續的會話將
自然浮現。

想不出適當的開頭語時，
連簡單的單字都想不出來。

再舉另外一個例子。

許多人學英語的一大困擾就是「假設句」，那麼要用英語表達「如果我買了十部新電腦的話……」時會怎麼說呢？

既然有「如果」，就要使用 if，但是後面該怎麼接才好？是不是有很多人瞬間遲疑了呢？

此時，本書將介紹的 Let's say...（P.100）就能夠派上用場了。

要說「如果我買了十部新電腦的話……」時，就可以用 Let's say we buy 10 new computers. 輕易表達。

認識愈多的開頭語，能夠應付的場景就愈豐富，讓實用英語口說能力成為囊中之物。

### ▶ 記住母語人士的「會話模式」

無法開口說英語的人還有一個大問題，那就是「不知道英語的會話模式」。

其實，**母語人士的對話中暗藏特定模式**，這種模式可以視為一種交流的韻律。

例如本書 P.86 介紹了「刻意說出超喜歡」的會話技巧，事實上母語人士在對話時的**情感表現，會比較誇張一點**。（當然眾多的英語系國家之間也有文化差異，本書的母語人士主要指美國人。）

此外，母語人士乍看對所有事情都直言不諱，但是如 P.108 介紹的 Sorry, but...（不好意思……），他們其實出乎預料地**常用委婉、迂迴的表達方式**。

因此，本書將按照母語人士的會話模式，彙整出五十個（及額外十個）會話技巧。

很多會話技巧也時常出現在我們的對話中，但是轉換成英語後就說不出口了。因此本書也收錄了將習以為常的對話方式，運用在英語會話中的各種技巧。

此外，在介紹這些技巧時，也同時列出嚴選的「超好運用例句」。這些例句都是以會話的方式列出，請各位試著背下來並理解，「聽到我這麼說時，母語人士通常會這樣回答」、「我聽到這些話時，就可以那樣回應」等等。

### ▶ 熟知「六大類」就能夠延續所有對話

本書將會話技巧分成下列六大類介紹，每一類都是與母語人士聊天時不可或缺的。

| ①拋出話題 | ②表達心情 | ③進一步追問 |
|---|---|---|
| ④情緒高昂 | ⑤否定、反駁 | ⑥確認 |

　　為什麼要分成這六大類呢？因為只要熟悉①到⑥介紹的開頭語，**就可以應付大部分的會話了。**

　　請參照下列範例，試著將六大類開頭語套用在實際會話中吧。

### ①拋出話題（→ P.32）

Let me ask your opinion on this project.

（我想聽聽你對這個專案的意見。）

### ②表達心情（→ P.50）

It seems to me that it will increase our sales.

（我認為這有助於提升營業額。）

### ③進一步追問（→ P.62）

You mean you agree with the project leader completely?

（也就是説，你完全支持專案組長囉？）

### ④情緒高昂（→ P.90）

Yes, I'm so excited about working with him!

（是的，我很期待和他共事！）

### ⑤否定、反駁（→ P.112）

Let's be careful about the plan.

（這個計畫要謹慎推動。）

⑥確認（→ P.138）

Okay, so why don't we ask someone else for their opinion?

（既然如此，我們就徵詢一下其他人的意見吧。）

　　實際對話或許不會這麼流暢地按照①到⑥的順序進行，現實生活中有許多對話，都會調換順序或是反覆使用其中一類的表達方式。但是只要熟記這六大類的開頭語，理應能夠迅速回答大部分的問句。

　　本書**每一個開頭語都會伴隨六個會話範例**。這是因為同樣的開頭語用在不同狀況時，性質上會有些微的差異。

　　相信本書有些句型讓人一開始不知該如何使用，但是只要多認識幾個不同場景的用法，日後無論遇見什麼樣的話題與前後文，都能夠靈活運用。

　　雖然本書介紹的都是相當簡單的句型，但是只要學會善用，肯定能夠在豐富的場景派上用場。

　　那麼就讓我們趕緊開始吧！

# PART 1

只會最基本的單字，
也能夠迅速學會說英語
——徹底運用「簡單開頭語」

# 拋出話題

## 用這些句型隨時開拓新話題

### 接下來要學的表達方式

很開心能夠～／發生什麼事情了？／我記得你是～對吧？

你對～有興趣嗎？／如何呢？／話説回來、我可以多問幾句嗎？

我想問一下……／你該不會知道～吧？／方便的話、你該不會是

# 01 坦率表達出「喜悅」
## It's so nice to... / 很開心能夠～

　　與母語人士對話時，以略顯誇張的豐富情緒去表現，聊起來會更加流暢。其中 It's so nice to... 就相當好用，這雖然只是普通的客套話，但是不會到藏不住興奮這麼誇張，能夠表現出「適度的喜悅」。

　　相信大家都聽過 Nice to meet you.（很高興見到你），像 It's so nice to meet you! 這樣加上 It's so 的話，**會因為強調了 nice 聽起來更加誠懇。**

　　另外也可以像 It's so nice to be young.（年輕真好）這樣，將此開頭語用在單純表達「覺得不錯」的心情。

---

你好，我叫 Tim Duncan。
➡ Hello. My name is Tim Duncan.
很高興認識你！我叫 Reiko Matsuoka，叫我 Rei 就可以了。
➡ It's so nice to meet you! I'm Reiko Matsuoka. Please call me Rei.

---

你覺得新家如何呢？
➡ How's the new place?
我覺得住在靠海的地方真的很棒。
➡ It's so nice to live close to the ocean.

---

在世界各地飛來飛去肯定很累吧。
➡ You must be really tired from going around the world.

所以我很高興可以回來。

➡ It's so nice to be back.

你假日喜歡做些什麼事情呢？

➡ What do you like to do on your days off?

我喜歡閱讀。辛苦工作了一整週，在家放鬆是最棒的了。

➡ I like to read. It's so nice to relax at home after a long work week.

抱歉突然打電話來。

➡ Sorry for calling so suddenly.

很高興接到你的電話！你過得如何？

➡ It's so nice to hear from you! How have you been?

你喜歡這次的會議嗎？

➡ Are you enjoying the conference?

是的，我很高興能夠和其他專業人士聊聊。

➡ Yes. It's so nice to speak with other professionals.

 **對話 小技巧** 　英語會話中要明確表現出「情緒」。

# 碰到「變化」時
# What happened to...?

/ 發生什麼事情了？

受到別人關心時，應該沒有人會不開心吧？所以請觀察跟你談話的對象，**發現對方可能發生什麼事情時，不妨試著提起看看**。此外也可以聊聊周遭環境的變化。

這時只要將你在意的或發生變化的事情，接在 What happened to 後面即可。如此一來就可以積極表現出想交流的態度，以「展開會話」的角度來說絕對是滿分表現。

假設對方的腳打上石膏，看起來很痛時，就可以問 What happened to your leg?（你的腳怎麼了？）；聽說對方與女朋友吵架了，可以問 What happened to you and your girlfriend?（你和女朋友之間發生什麼事情了？）。

好天氣跑哪兒去了呢？
➡ What happened to the nice weather?
誰知道呢？昨天明明那麼晴朗，今天竟然下雨了。
➡ I have no idea. It was clear yesterday, but it's raining today.

約翰發生什麼事情了？最近都沒看到他進辦公室。
➡ What happened to John? I haven't seen him in the office lately.
我聽說他調到其他部門了。
➡ I heard he moved to a different section.

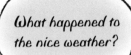

我點的沙拉怎麼還沒來？

➡ What happened to the salad I ordered?

非常抱歉，我立刻為您上菜。

➡ I'm terribly sorry. I'll bring it right away.

. . . . . . . . . . . . . . . . . . . . . . . . . . . . . . . . . . . . . . . . . . . .

你的手怎麼了？

➡ What happened to your arm?

我從樓梯上跌下來，結果手腕受傷了。

➡ I fell down the stairs and hurt my wrist.

. . . . . . . . . . . . . . . . . . . . . . . . . . . . . . . . . . . . . . . . . . . .

你肚子餓了嗎？午餐吃什麼？

➡ You're hungry? What happened to your lunch?

我剛吃飽，不過還是很餓。

➡ I already ate it, but I'm still hungry.

. . . . . . . . . . . . . . . . . . . . . . . . . . . . . . . . . . . . . . . . . . . .

我桌上的文件跑到哪裡去了呢？

➡ What happened to the papers that were on my desk?

我收進文件櫃了。

➡ I put them in the filing cabinet.

 對話
小技巧　觀察看看周遭有什麼變化，拿來當成話題吧！

## 03 表現出「我記得喔」
# You…, right? / 我記得你是～對吧？

　　對話中表現出「我知道你的事情喔」、「我記得喔」等訊息，能夠進一步縮短與對方之間的距離。

　　舉例來說，邊喝咖啡邊討論公事時，想起了之前曾聊過喜歡咖啡的話題時，就可以若無其事地提出：「你喜歡喝咖啡吧？」這是母語人士相當常見的交流方式。

　　這句話用英語表示時，會說 You like coffee, don't you?，但是對母語是中文的人來說，這種附加問句的表達方式比較難。

　　這時**在句尾加上 right?，就能輕鬆將一般句子改成疑問句**，非常方便。只要在最後加上 right?，並搭配上揚的音調即可。

................................................................

你喜歡喝啤酒對吧？
➡ You like beer, right?
不是喔，我更喜歡喝葡萄酒。
➡ Not really. I prefer wine.

................................................................

你在醫院工作對吧？
➡ You work in a hospital, right?
是啊，我是名護理師。
➡ Yeah, I'm working as a nurse.

................................................................

你有在踢足球對吧？
➡ You play soccer, right?

You like beer, right?

其實是室內五人制足球。
➡ Actually, I play futsal.

- - - - - - - - - - - - - - - - - - - - - - - - - - - -

你這星期一有放假對吧？
➡ You have this Monday off, right?
是啊，那天是國定假日。
➡ Yeah, it's a national holiday.

- - - - - - - - - - - - - - - - - - - - - - - - - - - -

你會用 Mac OS 對吧？
➡ You know how to use Mac OS, right?
是的，我還會用 Windows 與 Linux。
➡ Yes. I can also use Windows and Linux.

- - - - - - - - - - - - - - - - - - - - - - - - - - - -

你有在和 ABC 公司聯絡吧？
➡ You keep in contact with ABC Company, right?
對啊，需要我幫你問什麼嗎？
➡ Yes, I do. Would you like me to ask them something?

| 對話 小技巧 | 只要在一般句子的結尾，加上語音上揚的 right? 即可。 |
| --- | --- |

# 04 將「有興趣的事情」當成話題
## Are you interested in...?
### / 你對～有興趣嗎？

　　將對方喜歡、感興趣的事情當成話題，自然就比較容易聊開。這時不妨運用 Are you interested in...? 直接問出對方的興趣，讓對話更加順利。

　　例如，詢問 Are you interested in baseball?（你對棒球有興趣嗎？）時，若對方回答 Yes，你就可以用 I have two tickets for the Giants game in October.（我有兩張巨人隊十月主場比賽的門票）等等來接話。

　　be interested in... 的意思是「對～有興趣」，比 Do you like...?（你喜歡～嗎？）這種直接問明「好惡」的問法還要柔和，比較不會讓對方感覺不好。

- - - - - - - - - - - - - - - - - - - - - - - - - - - - - - - - - - - - - - - - - - -

你對運動有興趣嗎？

➡ Are you interested in sports?

是的，我每星期會踢五天的足球。

➡ Yes, I play soccer five days a week.

- - - - - - - - - - - - - - - - - - - - - - - - - - - - - - - - - - - - - - - - - - -

你對古典音樂有興趣嗎？
➡ Are you interested in classical music?

有的！其實我會拉大提琴。
➡ Yes! Actually, I play the cello.

你對投資的好機會有興趣嗎？
➡ Are you interested in a great investment opportunity?

你說的是哪方面？
➡ What kind of opportunity is it?

你想看那部新上映的電影嗎？
➡ Are you interested in watching the new movie?

當然，那部電影的評價很好呢！
➡ Of course. It's been getting great reviews.

你要和我們一起去海邊玩嗎？
➡ Are you interested in going to the beach with us?

我很想去，但是還得唸書。
➡ I'd love to, but I have to study.

貴公司有興趣將事業拓展至全球嗎？
➡ Are you interested in expanding your business internationally?

等我們在日本奠定穩固的顧客基礎後，就會考慮這麼做。
➡ I'd like to, once I've established a solid customer base in Japan.

**對話
小技巧** 知道對方有興趣，就更易於開闢話題。

# 藉「如何呢？」開啟話題
## How do you like...? / 如何呢？

　　想要推動對話的進行，可以若無其事地問一句「如何呢？」，例如：你覺得某個國家如何呢？你的新工作如何呢？這個句型可以套用在各式各樣的事物上。

　　想要問別人對於某件事物有什麼想法或感想時，各位腦海中首先浮現的或許是 What do you think of...? 這個句型。

　　但是這裡推薦的 How do you like...? 是**更輕鬆友善的問法**。這個開頭語不單只是「你覺得如何」，還帶有「你喜歡怎麼樣」的意思，能夠引導出更積極的談話。

　　順道一提，同樣的意思可以改成更輕鬆的 How do you find...? 喔。

- - - - - - - - - - - - - - - - - - - - - - - - - - - - - - - - - -

你在日本過得如何呢？
➡ How do you like living in Japan?
我覺得很棒！這裡什麼都很方便！
➡ Great! Everything is so convenient here!

- - - - - - - - - - - - - - - - - - - - - - - - - - - - - - - - - -

你覺得新工作如何呢？
➡ How do you like your new job?
雖然工作時間很長，但是薪水很好。
➡ The work hours are long, but the pay is good.

- - - - - - - - - - - - - - - - - - - - - - - - - - - - - - - - - -

您覺得敝公司的新產品如何呢？

➡ How do you like our new product?

非常好用。

➡ It's very easy to use.

. . . . . . . . . . . . . . . . . . . . . . . . . . . . . . . . . . . . . . . . . . . . . . . .

你覺得這套西裝如何呢？

➡ How do you like the suit?

腰部有點鬆。

➡ I think it's a bit loose in the waist.

. . . . . . . . . . . . . . . . . . . . . . . . . . . . . . . . . . . . . . . . . . . . . . . .

你新買的電動車如何呢？

➡ How do you like your new electric car?

我很喜歡！這輛車幫我省了好多油錢。

➡ I love it! I'm saving so much money on gas.

. . . . . . . . . . . . . . . . . . . . . . . . . . . . . . . . . . . . . . . . . . . . . . . .

新辦公室如何呢？

➡ How do you like your new office?

很棒，比以前寬敞多了。

➡ It's great. It's much bigger.

How do you like living in Japan?

 對話
小技巧　開朗的問句能夠引出積極的回答。

# 06 將「不經意想到的事情」掛在嘴邊
# I was wondering...?
## / 話說回來、我可以多問幾句嗎？

small talk（閒聊）意指將臨時想到的事情當成話題，藉此不斷推展話題。儘管如此，要是完全不管正在聊的話題，突然插一句：「Are you planning to go to Mexico on your vacation?」（你放假時會去墨西哥嗎？）對方說不定會覺得：「怎麼突然問這個？」

但是如果像 I was wondering, are you planning to go to Mexico on your vacation?（話說回來，你放假時會去墨西哥嗎？）這樣，在前面加上 I was wondering，就能夠讓整段對話自然又流暢。有時候雖然不是閒聊，但是遇到**有點想知道但又偏離原話題的事情**時，這個句型同樣很方便。

---

話說回來，你夏天有什麼計畫嗎？
➡ I was wondering, what are your plans for summer?
我預計去夏威夷兩個星期。
➡ I'm going to visit Hawaii for two weeks.

---

不好意思，可以借我電話嗎？
➡ I was wondering, can I borrow your phone for a minute?
可以喔，請用。
➡ Sure, go ahead.

---

只用 50 個開頭語
就能輕鬆開口說英文

I was wondering, what are your plans for summer?

冒昧問一下，貴公司是在做什麼的？
➡ I was wondering, what does your company specialize in?
我們專門製造與銷售電腦零件。
➡ We specialize in the manufacture and sales of computer parts.

........................................................................

我想知道這件襯衫有沒有小一點的？
➡ I was wondering, do you have this shirt in a smaller size?
稍待片刻，我去確認一下。
➡ Just a moment, I'll check.

........................................................................

話說回來，令嬡幾歲了？
➡ I was wondering, how old is your daughter?
上個月剛滿三歲喔！
➡ She just turned three last month!

........................................................................

不好意思，你的筆記可以借我看嗎？
➡ I was wondering, can I see your notes?
可以啊，請看。
➡ Of course. Here you are.

 對話
小技巧　沉默是下下策，請鼓起勇氣開口吧。

# 展現要問問題的態度
# Let me ask… / 我想問一下……

　　腦中浮現一個想問問看的話題，又不適合使用 P.30 介紹的 I was wondering, …?（話說回來）時，不妨用用看 Let me ask… 吧。

　　舉例來說，想問男女朋友 If my job transferred me to another city, would you come with me?（要是我調到其他城市，你會一起過來嗎？）這類問題時，母語人士會先說一句 Let me ask you something.（我可以問你一件事情嗎？），展現出「我要開始問問題囉」的態度，藉此**讓對方認真聽你的問題**。

　　此外，若在 Let me ask 後方加上第三人的名字時，就是「我問問（那個人）」的意思。

---

我想問你一個簡單的問題。

➡ Let me ask you one simple question.

好啊，你問。

➡ Okay, go ahead!

---

我可以問你喜歡哪一位歌手嗎？

➡ Let me ask you about your favorite singer.

我非常喜歡瑪麗亞・凱莉！

➡ I love Mariah Carey!

---

我想聽聽你對這個專案的意見。

➡ Let me ask your opinion on this project.

我認為需要更多資金才能展開這個專案。

➡ I think we need more money to start it.

. . . . . . . . . . . . . . . . . . . . . . . . . . . . . . . . . . . . . . . . . . . . . . . . . . . . . . . . . . . . . . . . . . . . . . . . . . . . . . . . . . . . . . . . . . . . . . . . . . . . . . . . . . . . . . . .

我再問你一個問題就好。

➡ Let me ask just one more question.

好吧，最後一個囉。

➡ Okay, but that's the last one.

. . . . . . . . . . . . . . . . . . . . . . . . . . . . . . . . . . . . . . . . . . . . . . . . . . . . . . . . . . . . . . . . . . . . . . . . . . . . . . . . . . . . . . . . . . . . . . . . . . . . . . . . . . . . . . . .

我問問我媽能不能向她借車。

➡ Let me ask my mom if it's alright to borrow the car.

希望她同意。

➡ I hope she says yes.

. . . . . . . . . . . . . . . . . . . . . . . . . . . . . . . . . . . . . . . . . . . . . . . . . . . . . . . . . . . . . . . . . . . . . . . . . . . . . . . . . . . . . . . . . . . . . . . . . . . . . . . . . . . . . . . .

我跟主管確認後再聯絡你。

➡ Let me ask my manager and I'll contact you.

麻煩你盡快聯絡。

➡ Please let me know as soon as possible.

Let me ask you
one simple
question.

對話
小技巧
不斷提出「小問題」吧！

# 08 用「該不會」提問
# Do you happen to know…?
## / 你該不會知道～吧？

　　透過提問讓對話順利發展後，要是問到對方不知道的事情時，氣氛說不定會變得尷尬，進而陷入沉默。這時如果懂得善用 Do you happen to know…?，就可以減少尷尬了，因為這個開頭語包含「不知道也正常」的語氣。

　　舉例來說，問別人 Do you know a good dentist around here?（你知道這附近不錯的牙醫嗎？），對方要是不知道哪家牙醫風評好時，就會因為沒幫上忙而感到抱歉。但是改成 Do you happen to know a good dentist around here?，語氣上就偏向「如果你知道的話，可以告訴我嗎？」，讓人回答時較沒心理負擔，對話也能夠繼續熱絡下去。

. . . . . . . . . . . . . . . . . . . . . . . . . . . . . . . . . . . . . . . . . . . . . . . . . . . . . . . . . .

你該不會知道珍妮什麼時候要來吧？
➡ Do you happen to know when Jenny is coming?
她已經在路上了，但是可能會晚一點到。
➡ She said she's on her way, but she'll be a little late.

. . . . . . . . . . . . . . . . . . . . . . . . . . . . . . . . . . . . . . . . . . . . . . . . . . . . . . . . . .

> Do you happen to know when Jenny is coming?

你該不會知道這一帶有什麼好餐廳吧？

➡ Do you happen to know any good restaurants in this area?

這條路再過去一點有家很好吃的義式餐廳喔。

➡ There's a nice Italian place just down this street.

. . . . . . . . . . . . . . . . . . . . . . . . . . . . . . . . . . . . . . . . . . . . . . . . . . . .

你該不會知道怎麼從這裡前往郵局吧？

➡ Do you happen to know how to get to the post office from here?

下一個路口右轉後，郵局就在左手邊。

➡ Turn right on the next corner, and you'll see it on your left.

. . . . . . . . . . . . . . . . . . . . . . . . . . . . . . . . . . . . . . . . . . . . . . . . . . . .

你該不會知道會議什麼時候結束吧？

➡ Do you happen to know when the meeting will end?

應該會開兩個小時吧？那就是四點半左右結束。

➡ It should take about two hours, so around 4:30.

. . . . . . . . . . . . . . . . . . . . . . . . . . . . . . . . . . . . . . . . . . . . . . . . . . . .

你該不會知道這件外套是誰的吧？

➡ Do you happen to know whose jacket this is?

我認為是史蒂芬妮的，她應該是忘記拿走了。

➡ I think it's Stephanie's. She must have forgotten it.

. . . . . . . . . . . . . . . . . . . . . . . . . . . . . . . . . . . . . . . . . . . . . . . . . . . .

你該不會知道歐洲有哪間代理商，可以銷售我們的產品吧？

➡ Do you happen to know an agent that could sell our products in Europe?

我知道一間，我會聯絡看看。

➡ I know one. I'll contact them about it.

 **對話 小技巧** 用「不知道也無妨」的態度大膽問出口吧。

## 09 沒有自信也可以問問看
## By any chance...?
### / 方便的話、你該不會是

　　有想問或是想請託的事情時，若是懷有「我會不會搞錯了？」、「應該會被拒絕吧」等不安情緒的話，可能就會不敢問出口。但這麼一來，對話就無法進行下去了，這時不妨用 By any chance，能夠表現出「方便的話」、「你該不會是」、「說不定」的語意。

　　By any chance 不只可以放在句首，也可以像 Are you, by any chance, Cornell Edwards?（你該不會是康奈爾・愛德華滋吧？）或者 Do you speak Swahili by any chance?（你是不是會講斯瓦希里語？）這樣，放在句中或句尾。

- - - - - - - - - - - - - - - - - - - - - - - - - - - - - - - - - - - -

十點沒問題吧？
➡ Would 10 am be alright for you?
方便的話，我們是否能將會議時間改成十一點呢？
➡ By any chance, can we change the meeting time to 11 am?

- - - - - - - - - - - - - - - - - - - - - - - - - - - - - - - - - - - -

會議準備好了嗎？
➡ Are you ready to have a meeting?
不會造成困擾的話，能否再等我三十分鐘呢？
➡ By any chance, do you think you can wait for another 30 minutes?

- - - - - - - - - - - - - - - - - - - - - - - - - - - - - - - - - - - -

這星期可以辦午餐會議嗎？
➡ Would you be able to have a lunch meeting this week?

方便的話是否能延到下星期呢？

➡ By any chance, can we push it to next week?

- - - - - - - - - - - - - - - - - - - - - - - - - - - - - - - - - - - - - - - - - -

你這星期好像很忙呢！

➡ You seem to be pretty busy this week.

方便的話，你能否幫我一下呢？

➡ By any chance, do you mind lending me a hand?

- - - - - - - - - - - - - - - - - - - - - - - - - - - - - - - - - - - - - - - - - -

我明天一早首先處理這件事。

➡ I will work on this first thing tomorrow morning.

方便的話，能否請你今天處理呢？

➡ By any chance, can you get it done today?

- - - - - - - - - - - - - - - - - - - - - - - - - - - - - - - - - - - - - - - - - -

我會告訴大衛你有打電話來。

➡ I will let David know you called.

方便的話，能麻煩你轉告大衛今晚回電嗎？

➡ By any chance, can you have him call me back by this evening?

By any chance, can we change the meeting time to 11 am?

| 對話 小技巧 | 只要善用這句話，就能夠輕易詢問許多事情。 |

能夠迅速應用的句子①

## 想為「打招呼」來點變化時

和初次見面的對象打招呼時、遇見摯友或認識的人時，想到的第一句話都是 How are you? 嗎？但總是使用這句話就太普通了，不妨試著依親密度的不同，使用不同的問候方法吧。

**正式**

今天早上過得如何？
### How are you this morning?

▶ 早上也可以這樣打招呼。

你過得如何？
### How are you doing?

▶ 與 How are you? 一樣常用，回答方式亦同，可以回答 Great.（非常好）、Good.（滿好的）、Not too bad.（不錯）、I'm okay.（普通囉）等等。

你最近過得如何？
### How have you been?

▶ 遇到好久不見的對象時的打招呼法，另外還有 Long time no see.（好久不見）可以使用。要回答這句時，會像 I've been fine.（我最近很好）這樣，用 I've been 當開頭。

你過得怎樣？
### How's it going?

▶ 比 How are you? 更輕鬆的打招呼法，但是商務情境中也很常使用。

在忙什麼？
### What's up?

▶ 朋友或同事間相當親近的打招呼法，通常會回答 Not much.（老樣子），不過也可以直接回問 What's up?。

**口語**

# 表達心情

## 搭配情緒的萬能附和句型

接下來要學的表達方式

聽起來～／好像～／希望可以～／可以～的話就太棒了
在我看來～／要我說的話／說真的，我覺得～／我印象中～

# 10 附和時簡單夾帶「感想」
## That sounds... / 聽起來～

　　看著對方眼睛，並且適時附和是談話時不可或缺的要素，但是附和時只會 Uh-huh、A-ha 這種單一形式時，對方會覺得是否被敷衍了。**母語人士在聊天時會使用帶簡單感想的附和方式，讓對話的節奏更流暢。**

　　這時他們會使用的開頭語是 That sounds...，只要在後面加點簡單的單字，就能夠應付所有話題了。例如：想要附和「真不錯」時就說 That sounds good.，想表示「真可怕」就說 That sounds scary.，想以帶點興奮感的語氣表示「真厲害」就說 That sounds fantastic!。如果後面接的是名詞而非形容詞時，就要加上 like（就像～），改成 That sounds like。

- - - - - - - - - - - - - - - - - - - - - - - - - - - - - - - - - - - - - - - - -

我這週末要在家開派對。
➡ I'm having a party at my house this weekend.
聽起來很有趣。
➡ That sounds fun.

- - - - - - - - - - - - - - - - - - - - - - - - - - - - - - - - - - - - - - - - -

我太累了，之前差點在車站月臺昏倒。
➡ I was so tired I almost fainted on the platform.
聽起來真危險。
➡ That sounds dangerous.

- - - - - - - - - - - - - - - - - - - - - - - - - - - - - - - - - - - - - - - - -

我發現男朋友的手機收到其他女生的簡訊。
➡ I saw a message from another woman on his cell phone.

That sounds fun.

聽起來有點可疑。

➡ That sounds a little suspicious.

........................................

我們的企劃書大受好評。

➡ We got good feedback on our proposal.

聽起來似乎前途光明呢。

➡ That sounds promising.

........................................

你看！去洛杉磯的機票只要一萬元耶！

➡ Look! This flight ticket to LA is ten thousand NT dollars.

這也太好了吧？

➡ That sounds too good to be true.

........................................

會議先在這裡暫停，我們等午餐過後再繼續討論吧。

➡ Let's pause the meeting for now and continue this discussion after lunch.

聽起來不錯。

➡ That sounds like a plan.

（※That sounds like a plan.：母語人士贊成提議時的固定用句）

 對話
小技巧
省略 That，只說 Sounds... 的意思和用法是一樣的喔。

# 11 婉轉表達「心情」
## I feel like... /好像～

　　我和日籍學生聊天時，發現他們會避免使用肯定句，其實日文和中文都很常婉轉地說「好像～」、「總覺得～」。

　　這時只要善用 I feel like...，就能夠符合**迂迴的表達方式**。

　　直譯的話就是「我覺得就像～」，不過這也能夠用來表現「～的心情」、「總覺得～」。

　　這裡的 like 是「好像」的意思，而非「喜歡」，是母語人士經常用到的詞。像 I feel like... 這樣背起一整組句型，就會變得很好運用，請各位務必熟記這個開頭語！

- - - - - - - - - - - - - - - - - - - - - - - - - - - - - - - - - - - -

晚餐吃什麼？
➡ What's for dinner?
我今晚的心情適合吃披薩。
➡ I feel like ordering pizza tonight.

- - - - - - - - - - - - - - - - - - - - - - - - - - - - - - - - - - - -

你為什麼一直盯著那個男子？
➡ Why do you keep staring at that guy?
總覺得好像認識他，但是想不起來是在哪裡認識的。
➡ I feel like I know him, but I can't remember where I saw him.

- - - - - - - - - - - - - - - - - - - - - - - - - - - - - - - - - - - -

你還好吧？看起來好像身體不舒服。
➡ Are you okay? You don't look so well.

我覺得好像感冒了。

➡ I feel like I'm coming down with a cold.

................................................

恭喜榮升！

➡ Congratulations on your promotion!

謝謝，我總覺得職涯要步上軌道了。

➡ Thanks. I feel like my career is really taking off.

................................................

你對他的報告好像不太滿意。

➡ You don't look pleased with his presentation.

我總覺得他的點子沒什麼獨創性。

➡ I feel like his idea isn't very original.

................................................

去迪士尼樂園玩真令人懷念。

➡ This trip to Disneyland is so nostalgic.

就像回到過去一樣。

➡ I feel like I've gone back in time.

（※go back in time：時光回溯、回到過去）

 **對話 小技巧** 以輕鬆的態度表達心情吧。

# 「希望～」也很好用
## I sure hope... / 希望可以～

　　與母語人士談話時，若談及對方今後的計畫，請說聲「一定會順利的」鼓勵對方吧。這可以說是種固定的會話模式，所以請大方回以積極的話語，不必思考太多。

　　那麼這句話該怎麼表達比較好呢？那就是 I sure hope...。直接使用 I hope... 也無妨，不過**搭配 sure 能夠表達出更「強烈」的心意**。相反的，若想表示「希望不要～」的話，就像 I sure hope it doesn't rain. 這樣在開頭語後面接續否定句就可以了。

　　用 do（I do hope...）、really（I really hope）等代替 sure 的話，同樣可以表現出強烈的心意。

---

這次的計畫一定會順利的。
➡ This plan will definitely succeed.
祝你預感成真。
➡ I sure hope you're right.

---

你看！雲變黑了。
➡ Look! The clouds have become really dark.
希望不要下雨。
➡ I sure hope it doesn't rain.

---

明天要去見客戶。
➡ I'm meeting with the client tomorrow.

希望我們簽約順利。

➡ I sure hope we can get the contract.

- - - - - - - - - - - - - - - - - - - - - - - - - - - -

塞車塞得好嚴重！

➡ This traffic is terrible!

真的！希望趕得上。

➡ I know! I sure hope we make it on time.

- - - - - - - - - - - - - - - - - - - - - - - - - - - -

聽說今晚有暴風雨。

➡ It's going to storm tonight.

希望演唱會不要取消。

➡ I sure hope they don't cancel the concert.

- - - - - - - - - - - - - - - - - - - - - - - - - - - -

和你共事相當開心。

➡ It was great doing business with you.

希望之後還有合作的機會。

➡ I sure hope to work with you again.

 **對話 小技巧** 平常多留意積極話語的拋接吧！

# 13 用「～的話就太棒了」表達期望
## It would be great if...
### / 可以～的話就太棒了

　　想要用英語表達小小期望時，很容易變得過於直接，聽起來不太有禮貌。

　　這裡的 It would be great if... 不只能夠表現出「可以～的話就太棒了」的**期望感**，還帶有「所以我希望你這麼做」的**委託或勸導**的意思。

　　從 if 子句可以看出，這個句型使用了假設語氣，所以要記得使用 would 而非 will。此外如 It would be great if you could translate this.（你可以翻譯這個就好了）這個例句所示，if 子句的動詞也要使用過去式。

---

我聽說你明天要舉辦派對。
➡ I heard you're having a party tomorrow.
沒錯，你能來參加就太棒了。
➡ That's right. It would be great if you could join us.

---

這次的報告什麼時候要交？
➡ When do you need this report done?
週五完成的話就再好不過了。
➡ It would be great if you could finish it by Friday.

---

需要我帶你逛逛這座城市嗎？
➡ Would you like me to show you around the city?
當然，可以的話就太棒了。
➡ Sure. It would be great if you could do that.

---

我真的很想參加那場演唱會。

➡ I really want to go to that concert.

我也是，可以搶到票就好了。

➡ Me too. It would be great if we could get tickets for it.

........................................................

機票的花費比預料中的還高呢。

➡ The flights cost more than we expected.

要是有更便宜的選擇就好了。

➡ It would be great if there were a cheaper option.

........................................................

你找到新的公寓了嗎？

➡ Have you found a new apartment?

還沒，要是能夠找到離公司近的就好了。

➡ Not yet. It would be great if I could find a place near work.

*It would be great if you could join us.*

對話
小技巧　　拜託別人做事情時，注意別使用太直接的語氣。

# 14

## 輕鬆表達「在我看來」
## It seems to me that...
### / 在我看來～

　　或許對有的人來說，母語人士總是不顧他人想法，坦率地表達出自己的主張。但是母語人士的慣用開頭語中，其實也有相當婉轉的用法。It seems to me that... 就是其中之一。

　　**I think...（我認為～）在語氣上較為武斷強勢**，舉例來說，覺得某位同事工作太拼的時候，若說 I think you're working too much. 時，彷彿高高在上地對同事說：「我認為你工作太拼了。」但是改成 It seems to me that you're working too much.（你看起來工作太拼了），就變成「在我看來是如此喔」比較溫柔的語氣。

---

我不信任他。
➡ I don't think I can trust him.
在我看來他挺正直的。
➡ It seems to me that he's an honest person.

---

這些包包太重了！

➡ These bags are so heavy!

在我看來你需要幫忙。

➡ It seems to me that you need some help.

- - - - - - - - - - - - - - - - - - - - - - - - - - - -

你覺得哪個計畫比較好？

➡ Which plan sounds good to you?

在我看來，這個計畫能夠大幅提升營業額。

➡ It seems to me that this plan will greatly increase our sales.

- - - - - - - - - - - - - - - - - - - - - - - - - - - -

我昨天整晚輾轉難眠！

➡ I didn't sleep at all last night!

在我看來是你工作太拼了。

➡ It seems to me that you're working too much.

- - - - - - - - - - - - - - - - - - - - - - - - - - - -

我不想做這份工作。

➡ I don't really want to do this job.

在我看來，我們並沒有選擇的餘地。

➡ It seems to me that we have no choice.

- - - - - - - - - - - - - - - - - - - - - - - - - - - -

會議好冗長。

➡ That meeting took a long time.

在我看來，這個專案似乎前途多舛。

➡ It seems to me that the project isn't going very well.

 **對話
小技巧** 柔和的表達方式讓人更容易開口表達意見。

# 15

# 委婉表達「主張」
## If you ask me, … / 要我說的話

　　我認為拘謹是種美德，但是和母語人士相處時若磨磨蹭蹭的，就會在對方心裡留下不好的印象，成為一個「什麼事情都不說清楚的人」，讓對話無法再進行下去。但是在聽到 What should we do after dinner?（晚餐吃飽後要做什麼？）的問句時，若回答 If you ask me, we should watch a movie.（要我說的話，我提議看電影），就能夠傳達出「因為你問我，所以我才說的」這種語氣，在保留拘謹之餘，明確表達出自己的意思。

　　想要避免在表達意見時過度強勢，當然可以使用 P.50 介紹的 It seems to me that…，但想要表達出更強烈的主張時，就可以選用 If you ask me,…。

- - - - - - - - - - - - - - - - - - - - - - - - - - - - - - - - - - - - - - - - -

我聽說你昨天和湯姆起口角。
➡ I heard you had an argument with Tom yesterday.
要我說的話，他才是挑起爭端的人。
➡ If you ask me, he's the one who started it.

- - - - - - - - - - - - - - - - - - - - - - - - - - - - - - - - - - - - - - - - -

你覺得新來的老師如何？
➡ What do you think about the new teacher?
要我說的話，他是個挺好的人。
➡ If you ask me, he seems really nice.

- - - - - - - - - - - - - - - - - - - - - - - - - - - - - - - - - - - - - - - - -

你覺得我放假時該去哪裡呢？

➡ Where should I go on vacation?

要我說的話，我覺得沖繩不錯。

➡ If you ask me, you should go to Okinawa.

................................................................

我們是不是該諮詢企管顧問呢？

➡ Maybe we should ask a business consultant.

要我說的話，我認為企管顧問無法帶來幫助。

➡ If you ask me, hiring a consultant wouldn't help.

................................................................

為什麼你不試試打高爾夫球呢？

➡ Why don't you try playing golf?

要我說的話，這對我來說根本是浪費時間。

➡ If you ask me, it's a complete waste of time.

................................................................

我們是不是該修正草案？

➡ Should we make any changes to the draft?

要我說的話，我認為維持原樣即可。

➡ If you ask me, it's fine this way.

*If you ask me, he's the one who started it.*

 **對話 小技巧** 能在避免強勢的前提下，清楚表達自己的想法。

# 16

製造「停頓」讓對話休息一下

# You know, I think...

## / 說真的，我覺得～

　　母語人士的對話節奏或許很快，常常聽到對方飛快地說出自己不熟悉的英語時，途中就開始恍神了。這時就是「停頓」技巧派上用場的時候了，這裡可以使用的開頭語就是 You know。這個開頭語的性質類似「那個……」、「嗯……」，能夠**讓對話稍微中斷休息一下**。此外，製造停頓也能夠強調出說話者的認真程度。

　　舉例來說，要向朋友提出 I think you should see a doctor.（我覺得你應該去看醫生）的建議時，若搭配 You know, I think... 就會變成「說真的，我覺得啊，你應該去看個醫生比較好」，營造出一種更站在對方立場的態度。

---

我這門課不能再被當掉了。

➡ I can't fail this class again.

說真的，你要再更認真唸書比較好喔。

➡ You know, I think you should study harder.

---

我覺得表格要做得簡單一點比較好。

➡ We should make the format simpler.

沒錯，你真是一針見血。

➡ You know, I think that's a very good point.

---

影印機又壞掉了。

➡ The copy machine is broken again.

說真的，我們該換一臺新的影印機了。

➡ You know, I think we should really get a new one.

----

要送湯姆什麼生日禮物？

➡ What should we give Tom for his birthday?

說真的，我覺得直接問他比較好。

➡ You know, I think it's better to just ask him about it.

----

我不跳芭蕾舞了。

➡ I'm going to quit ballet.

說真的，我覺得你可以再努力一次。

➡ You know, I think you should try it one more time.

----

我們還有衛生紙嗎？

➡ Do we have any tissues?

我想想，浴室應該還有一些。

➡ You know, I think there's some in the bathroom.

 **對話 小技巧** 趁著停頓的期間，整理一下想講的話。

## 17 直接說出「印象」
# It's my impression that...
### / 我印象中～

　　表達自己想法的時候，老是說 I think 會顯得單調，讓人想不出精準的英文表達方式，這時 It's my impression that... 就非常方便，就像用「我印象中」代替「我認為」的感覺。

　　**用「印象」來表達意見，語氣會比 I think 更溫和。**

　　舉例來說，在公司內部會議裡聽到 Did they say anything about the colors?（對方看到顏色時有表示什麼嗎？），就可以回答 It's my impression that they want lighter colors.（我印象中他們想要亮一點的顏色），藉由「這單純是我印象中」的語氣來修飾自己的意見。

- - - - - - - - - - - - - - - - - - - - - - - - - - - - - - - - - - - - - - - - - - -

這場會議會開很久嗎？
➡ Will the meeting take a long time?

我個人覺得應該很快就結束了。
➡ It's my impression that it will be over quickly.

- - - - - - - - - - - - - - - - - - - - - - - - - - - - - - - - - - - - - - - - - - -

你覺得山姆的演講會表現好嗎？
➡ I wonder if Sam will give a good speech.

我印象中他滿擅長在大眾面前說話的。
➡ It's my impression that he's very good at public speaking.

- - - - - - - - - - - - - - - - - - - - - - - - - - - - - - - - - - - - - - - - - - -

我是不是該去參加教授的研討會？
➡ Should I go to the professor's seminar?

> *It's my impression that it will be over quickly.*

照我的印象，你應該不用去。

➡ It's my impression that you don't have to.

. . . . . . . . . . . . . . . . . . . . . . . . . . . . . . . . . . . . . . . . . . . . . . . . . . . . . . . . . . . .

你喜歡哪一個男子團體呢？我喜歡嵐。

➡ Which boy-band do you like? I like Arashi.

我印象中他們長得都一樣。

➡ It's my impression that they're all the same.

. . . . . . . . . . . . . . . . . . . . . . . . . . . . . . . . . . . . . . . . . . . . . . . . . . . . . . . . . . . .

你為什麼討厭他呢？

➡ Why don't you like him?

我印象中他也不喜歡我。

➡ It's my impression that he doesn't like me, either.

. . . . . . . . . . . . . . . . . . . . . . . . . . . . . . . . . . . . . . . . . . . . . . . . . . . . . . . . . . . .

你有沒有推薦的組長人選呢？

➡ Do you have any suggestions for team leader?

根據我的印象，約翰應該會做得不錯。

➡ It's my impression that John would handle things well.

| 對話 小技巧 | 藉「印象」避免責任之餘，也能平穩地發表自己的意見。 |
|---|---|

# 想為「原來如此」來點變化時

想說「原來如此」、「喔～確實如此呢」來對他人的發言表示同意時,該怎麼表達才好呢?多學會幾種不同的表達方式,就能夠增加聊天的樂趣。

**正式**

### 我懂你的意思。
### I know what you mean.

▶ 能夠站在對方立場表達出共鳴,類似的表達方法有 I know how you feel.(我懂你的心情)。

### 確實如此。
### That makes sense.

▶ 表達出理解對方的意思,不僅可以像「原來如此」一樣馬上回答,也可以稍微思考過後再說。

### 這很常發生。
### It happens.

▶ 聽說了輕微意外或不幸事件時,可以藉此表達「確實可能發生這種事情呢」、「每個人都可能發生」的安慰之意。

### 喔～原來如此。
### Oh, I see.

▶ 或許很多人都很懂得說 I see.,但是過度使用會使對話變得單調。這時只要在前面加上 oh 就能夠讓語氣更開朗友善。

### 沒錯。
### You got that right.

**口語**

▶ 用來表示同意對方的話,「確實如此」的意思。

# 進一步追問

## 打造出使對話流暢的「韻律」

**接下來要學的表達方式**

你的意思是〜對嗎？／是什麼樣的呢？／和〜有什麼差異呢？

老實說、要緊的是／或許我們該〜？／或許我們也可以〜

關於〜／這麼說來／個人覺得〜／說真的……

## 18 反問「是這樣嗎？」
# You mean...?  / 你的意思是～對嗎？

聽母語人士說話時，難免會有聽得模糊的地方，這時滿心都是：「我認為他是這個意思，但是事實真的是這樣嗎？」如果因此沉默回不了話，對話就進行不下去了。

事實上，母語人士也會遇到相同的問題，這時就會說他們常用的 You mean...?。

這個開頭語屬於疑問句，因此正式說法是 Do you mean...?，但是母語人士在日常生活中通常會使用 You mean...?。**他們藉由此句型，慢慢掌握對方話中的核心**。透過「果然是我想的那樣」、「和我解讀的意思完全不同呢」等確認，來讓對話一步步深入。


你有幾支手機呢？
➡ How many cell phones do you have?
你的意思是大家都不只拿一支手機嗎？
➡ You mean people usually have more than one?

你有看到我的藍色毛衣嗎？
➡ Have you seen my blue sweater?
你是說本來掛在門上那件嗎？
➡ You mean the one hanging by the door?

你有去過百貨公司那間新開的餐廳嗎？
➡ Have you been to that new restaurant at the department store?

你是指那間義式料理餐廳嗎？很好吃喔！

➡ You mean the Italian one? It's great.

........................................

這首歌是誰唱的？

➡ Who sings this song?

你不知道這個樂團嗎？！

➡ You mean you've never heard of this band?!

........................................

你知道約翰遜先生去哪了嗎？

➡ Do you know where I could find Mr. Johnson?

你是指山姆嗎？等等，我去叫他。

➡ You mean Sam? Hold on, I'll get him for you.

........................................

你能幫我向供應商訂新商品嗎？

➡ Would you contact the supplier and order a new product from them?

你是指 ABC 公司嗎？

➡ You mean from ABC, right?

*You mean people usually have more than one?*

■ 對話
■ 小技巧　用「自己的話」去理解你聽到不確定的部分。

# 19

# 反問「是哪一種？」
## What kind of...? / 是什麼樣的呢？

對話不有來有往的話就難以持續，提出問題並得到回答後，就針對答案進一步追問吧。像投球練習般的對話，才能夠慢慢地拓展開來。What kind of...? 就是讓對話有來有往的好幫手。

舉例來說，聽到對方表示 I love drinking wine.（我很喜歡喝葡萄酒）時，不能只說句 I see.（這樣啊）讓話題就這麼結束，可再進一步詢問 What kind of wine do you like?（你喜歡哪一種葡萄酒）等等，讓對方繼續回答，輕鬆製造出更多拓展話題的機會。這邊要注意的是，of 後面的詞為單數時就使用 kind，複數時則應改成 kinds。

. . . . . . . . . . . . . . . . . . . . . . . . . . . . . . . . . . . . . . . . . . . . .

我昨晚做了派。
➡ I made a pie last night.
你做了哪種派？
➡ What kind of pie did you make?

. . . . . . . . . . . . . . . . . . . . . . . . . . . . . . . . . . . . . . . . . . . . .

我正在減肥。
➡ I'm trying to lose weight.
你有在做哪種運動呢？
➡ What kind of exercise are you doing?

. . . . . . . . . . . . . . . . . . . . . . . . . . . . . . . . . . . . . . . . . . . . .

我有空時經常聽音樂。
➡ I often listen to music in my free time.

你都聽哪種音樂呢？

➡ What kind of music do you listen to?

我看了很多書。

➡ I read a lot of books.

你都看哪種類型的書呢？

➡ What kind of books do you read?

你制定好旅行計畫了嗎？

➡ Have you finished planning the trip?

還沒，你覺得去什麼樣的地方比較好？

➡ Not yet. What kind of places should we visit?

我在國際業務部工作。

➡ I'm a member of the international sales division.

你們都賣哪種產品呢？

➡ What kind of products do you handle?

 對話
小技巧　　可別什麼話題都用 I see. 輕易結束。

# 20

# 追問「哪裡不同呢？」
## What's the difference between...?
### / 和～有什麼差異呢？

如果聊的是自己不太懂的話題，就很難順勢聊起來，這時推薦各位使用的技巧就是提問 What's the difference between...?（和～有什麼差異呢？）。

請各位找到話題中的關鍵字，問問那個事物和自己知道的事物之間有什麼不同。

如此一來，就能夠讓對方覺得自己對這個話題有興趣，同時也能夠再次確認不太理解的關鍵字。聽到對方的解說後，相信會浮現更多問題吧？像這樣提出一個又一個的問題，就能夠形成熱絡的談天了。

- - - - - - - - - - - - - - - - - - - - - - - - - - - - - - - - - - - - - - -

football 與 soccer 有什麼不一樣？
➡ What's the difference between football and soccer?
其實這兩個是同一種運動。
➡ Actually, they are the same sport.

- - - - - - - - - - - - - - - - - - - - - - - - - - - - - - - - - - - - - - -

不好意思，這兩支手錶有什麼不一樣？
➡ Excuse me, what's the difference between these two watches?
這支防水且比較貴。
➡ This one is waterproof and costs more.

- - - - - - - - - - - - - - - - - - - - - - - - - - - - - - - - - - - - - - -

你們總公司與分公司之間有什麼差異呢？
➡ What's the difference between your headquarters and branch offices?

What's the difference between football and soccer?

分公司只負責業務。

➡ Our branch offices only deal with sales.

. . . . . . . . . . . . . . . . . . . . . . . . . . . . . . . . . . . . . . . . . . . . . . . . .

這兩個包包有什麼不同呢？

➡ What's the difference between these two bags?

這款是促銷品，便宜了一千元。

➡ This one is on sale, so it's one thousand NT dollars cheaper.

. . . . . . . . . . . . . . . . . . . . . . . . . . . . . . . . . . . . . . . . . . . . . . . . .

奶油與牛奶差在哪裡呢？

➡ What's the difference between cream and milk?

奶油含有比較多的脂肪。

➡ Cream has a higher fat content.

. . . . . . . . . . . . . . . . . . . . . . . . . . . . . . . . . . . . . . . . . . . . . . . . .

「semiannual」與「biannual」差在哪裡呢？

➡ What's the difference between "semiannual" and "biannual"?

這兩個都是「每年兩次」的意思。

➡ They both mean "occurring twice a year".

對話
小技巧　用許多小問題堆疊出對話吧

# 21 用「老實說」強調 The thing is, … / 老實說、要緊的是

　　thing 有物品與事情的意思，但是 The thing is, … 卻是「老實說……」的意思。**這是一種鄭重強調的說法，能夠增加話語的分量。**

　　此外，遇到難以啟齒的事情也可以使用，只要改成柔和的語氣即可。

　　舉例來說，有人邀請自己 Let's go get sushi.（我們去吃壽司吧），但是自己實在不喜歡吃海鮮時，用 The thing is, I don't really like fish.（老實說，我不太喜歡吃魚）拒絕，整個感覺會比只說 I don't really like fish. 更溫和。

. . . . . . . . . . . . . . . . . . . . . . . . . . . . . . . . . . . . . . . . . . . . . . . . . . . . . . . . . . . . . . . . . . . . . .

你不出席下星期的股東大會嗎？

➡ Aren't you attending the company meeting next week?

坦白說，我那天得出差。

➡ The thing is, I'll be on a business trip then.

. . . . . . . . . . . . . . . . . . . . . . . . . . . . . . . . . . . . . . . . . . . . . . . . . . . . . . . . . . . . . . . . . . . . . .

你今天不回家嗎？

➡ Why don't you go home for today?

老實說，我今晚必須完成這份報告才行。

➡ The thing is, I have to finish this report tonight.

. . . . . . . . . . . . . . . . . . . . . . . . . . . . . . . . . . . . . . . . . . . . . . . . . . . . . . . . . . . . . . . . . . . . . .

你寒假時會去旅行嗎？

➡ Are you traveling anywhere for the winter holidays?

The thing is, I'll be on a business trip then.

想是想,但是老實說我沒錢。

➡ I want to, but the thing is, I don't have money right now.

. . . . . . . . . . . . . . . . . . . . . . . . . . . . . . . . . . . . . . . . . . . . . . . . . .

我很不會唱歌,所以絕對不去卡啦 OK。

➡ I'm a terrible singer, so I never go to karaoke.

老實說,根本沒人在乎你唱得好不好。

➡ The thing is, nobody cares if you're good or not.

. . . . . . . . . . . . . . . . . . . . . . . . . . . . . . . . . . . . . . . . . . . . . . . . . .

一起去迪士尼樂園吧!

➡ Let's go to Disneyland!

坦白說,我不喜歡人擠人。

➡ The thing is, I don't really like the crowds.

. . . . . . . . . . . . . . . . . . . . . . . . . . . . . . . . . . . . . . . . . . . . . . . . . .

我不知道該怎麼辦。

➡ I don't know what to do.

現在最要緊的是趕快做決定。

➡ The thing is, you should make a decision quickly.

| 對話<br>小技巧 | 簡潔有力地表現出重點。 |
| --- | --- |

# 22

## 用「這樣如何呢？」提議
## Maybe we should...
### / 或許我們該～？

　　試想與別人的對話，會不會覺得在提議或是提供意見時，很難直接說出「你應該～」？通常會用「是不是這樣做比較好？」這種比較溫和的說法。

　　Maybe we should... 的意思就是「（我們）這麼做是不是比較好」，能夠以較柔和的語意提議。想向對方提供建議時只要改變主詞，用 Maybe you should... 來表達即可。

　　如各位所知，助動詞 should 有「應該」的意思，但是開頭的 maybe 柔化了這個詞，賦予其平穩的性質。

---

我想在首映當天看那部電影。
➡ I want to watch that movie on opening day.
或許我們先訂票會比較保險。
➡ Maybe we should reserve tickets for it.

---

今晚沒時間煮晚餐。
➡ I don't have any time to cook dinner tonight.
既然如此，或許我們該外帶回來吃。
➡ Maybe we should get take-out instead.

---

你不覺得這份合約的內容有點奇怪嗎？
➡ This contract looks a little bit strange, don't you think?

或許請律師確認一下會比較保險。

➡ Maybe we should have a lawyer take a look at it.

．．．．．．．．．．．．．．．．．．．．．．．．．．．．．．．．．．．．．．．．．．．．．．．．

在都市裡找停車位很辛苦！

➡ It's hard to find a parking place in the city.

或許你搭電車去會比較好。

➡ Maybe you should go by train.

．．．．．．．．．．．．．．．．．．．．．．．．．．．．．．．．．．．．．．．．．．．．．．．．

我不知道怎麼去餐廳。

➡ I don't know how to get to the restaurant.

或許你該看一下地圖。

➡ Maybe you should look at a map.

．．．．．．．．．．．．．．．．．．．．．．．．．．．．．．．．．．．．．．．．．．．．．．．．

我確定是這個檔案沒錯。

➡ I'm pretty sure this is the right file.

或許你該重複確認？

➡ Maybe you should double-check.

*Maybe we should reserve tickets for it.*

■ 對話
■ 小技巧　用溫和的態度提議，對方也比較好回答。

# 23

## 拋出「剛好想到」的提議
## I guess we could...
### / 或許我們也可以～

和母語人士 small talk 時，剛好想到一些提議，就算不到「這麼做比較好」這麼強烈的程度，仍可不斷提出以拓展話題。

將表達推測時常用的 I guess，與帶有提議性質的 could（可以～喔、這麼做你覺得如何呢）連在一起，就會變成 I guess we could...（或許也可以這樣做～），能夠表現出**非常克制的提議態度**。

這和 P.70 的 Maybe we should...（或許我們該～？）相似，但是語氣上更委婉，非常適合用來表達「我沒有堅持這麼做，但是也有這個選項」的心情。

我想買新褲子了。
➡ I want to buy a new pair of pants.
或許我們這週末可以出去血拼。
➡ I guess we could go shopping this weekend.

沒有人接電話。
➡ Nobody is answering the phone.
或許可以晚點再打。
➡ I guess we could call again later.

我們已經毫無間斷地工作十二小時了。
➡ We've been working non-stop for 12 hours.

或許我們今天該告一段落了。

➡ I guess we could stop here for today.

. . . . . . . . . . . . . . . . . . . . . . . . . . . . . . . . . . . . . . . . . . . . . . . . . . . . . . . . . . . . . . . . . . . . . . . .

我們有時間去那間店嗎？

➡ Do we have time to go into that shop?

我想一下子應該無妨。

➡ I guess we could take a quick look.

. . . . . . . . . . . . . . . . . . . . . . . . . . . . . . . . . . . . . . . . . . . . . . . . . . . . . . . . . . . . . . . . . . . . . . . .

你知道麥克去哪了嗎？

➡ Do you know where Mike is?

或許我們可以打給他問問看。

➡ I guess we could call him and ask.

. . . . . . . . . . . . . . . . . . . . . . . . . . . . . . . . . . . . . . . . . . . . . . . . . . . . . . . . . . . . . . . . . . . . . . . .

我們似乎趕不上截止日。

➡ It doesn't look like we'll finish by the deadline.

我們或許可以問問能不能延期。

➡ I guess we could ask for an extension.

（※extension：延期）

I guess we could go shopping this weekend.

 **對話 小技巧**　就算只是「剛好想到」也可以大方提出。

# 24 用「關於這一點」承先啟後
## As for... / 關於～

　　和母語人士聊天時，若能說出「關於這件事情……」，就有助於進一步拓寬話題了。但是真的想用英語這麼說時，又會發生想不起來該怎麼講的狀況，對吧？ As for... 這個開頭語就有「關於～」、「至於這件事情～」的意思，能夠在此派上用場。

　　As for... 的後面要擺「人」、「物」或是「抽象概念」都沒問題，常見的用法之一即是 As for me, ...（至於我），能夠**將對方的注意力拉到自己身上**。另外也可以像 As for the design, ...（至於這個設計）、As for the project, ...（至於這個專案）這樣用。

我聽說昨天發生了大問題。
➡ I heard that there was a big problem yesterday.
關於這個問題，我們已經盡力去補救了。
➡ As for the problem, we did everything to fix it.

As for the problem, we did everything to fix it.

我喜歡的冰淇淋口味是草莓和薄荷巧克力。

➡ My favorite ice cream flavors are strawberry and mint chocolate.

至於我呢，我覺得薄荷巧克力的味道很像牙膏。

➡ As for me, mint chocolate tastes like toothpaste.

- - - - - - - - - - - - - - - - - - - - - - - - - - - - - - - - - - - - - - - - - - - - - - - - - - - - - - -

你們公司的人在公司餐廳都吃什麼？

➡ What do people eat at your company cafeteria?

如果是要快速解決午餐的話，最受歡迎的就是咖哩飯。

➡ As for a quick lunch, curry rice is really popular.

- - - - - - - - - - - - - - - - - - - - - - - - - - - - - - - - - - - - - - - - - - - - - - - - - - - - - - -

我們什麼時候會知道新的經理是誰？

➡ When will we find out who the new manager is?

關於新經理一事，我明天會公布名字。

➡ As for the new manager, I'll announce the name tomorrow.

- - - - - - - - - - - - - - - - - - - - - - - - - - - - - - - - - - - - - - - - - - - - - - - - - - - - - - -

這些條件你們是否全部都同意？

➡ Do you agree with all of these terms?

我們都很滿意這個專案的預算。

➡ As for the budget for this project, we're all satisfied.

- - - - - - - - - - - - - - - - - - - - - - - - - - - - - - - - - - - - - - - - - - - - - - - - - - - - - - -

平常最暢銷的是哪個商品？

➡ Which items usually sell well?

秋冬賣最好的是偏暗的顏色。

➡ As for fall and winter, darker colors sell the best.

 對話
小技巧　　主動拓展話題，對方也會覺得開心。

# 25 用「這麼說來」開拓話題
## That reminds me, … / 這麼說來

和他人談話時，偶爾會因為某個人的發言，而猛然想起某件事情吧？能夠像「這麼說來」、「聽到這個我就想到」這樣接下去的話，就能夠聊更多了。small talk 就是由這些不斷想到的小事情堆疊而成，但是轉換成英語後卻變得難以說出口。

這時就是這個開頭語登場的好時機。使用方法很簡單，**直接在 That reminds me 後面加上句子即可**。如果後面接續的不是句子，而是名詞或名詞片語（由數個詞彙組成的名詞）時，就要像 That reminds me of my childhood（這讓我想起自己的童年）一樣插入 of。

---

你知道 ABC 公司的聯絡方式嗎？
➡ Do you have ABC's contact information?
給你。經你這麼一說，我才想到等一下必須打給他們。
➡ Here it is. That reminds me, I have to call them later.

---

你放假時要回家鄉嗎？
➡ Are you going home for the holidays?
這麼說來我才想到必須遞假條。
➡ That reminds me, I need to request vacation time.

---

我要去訂機票參加會議。
➡ I'm going to reserve a flight ticket for the conference.

這麼一提我才想到我也要訂票。

➡ That reminds me, I need to do that too.

. . . . . . . . . . . . . . . . . . . . . . . . . . . . . . . . . . . .

我要去超市，要幫你買什麼嗎？

➡ I'm going to the supermarket. Do you need anything?

你這麼一提我才想到牛奶喝完了。

➡ That reminds me, we don't have any milk.

. . . . . . . . . . . . . . . . . . . . . . . . . . . . . . . . . . . .

你週末有計畫嗎？

➡ Do you have any plans for the weekend?

這麼一提我才想到，我星期日要和朋友一起吃午餐。

➡ That reminds me, I'm having lunch with friends on Sunday.

. . . . . . . . . . . . . . . . . . . . . . . . . . . . . . . . . . . .

你晚餐要吃什麼？

➡ What are you having for dinner?

這麼一說，我才想到今晚有約了。

➡ That reminds me, I have dinner plans tonight.

 **對話小技巧** That reminds me, ... 具有「這件事情讓我想起來了」的含意。

# 26 不要一直說「maybe」
## I would say...  / 個人覺得～

　　有時候對話為了避免語氣太過武斷，可能會有過度使用 maybe 的傾向。

　　當然不是說母語人士就不會使用 maybe，只是不會像英語學習者用得這麼頻繁。一直使用相同的單字時，容易給人英語不好的印象，就連說話者自己都會覺得無趣，所以我常看見學生努力想說出不同的字彙，最後卻什麼也說不出來。

　　這時請試著用 I would say... 代替吧，這個開頭語代表「個人覺得～」的意思，雖然與 I think... 相似，但是語氣比較偏向「我個人是這樣認為」，而非單純的「我認為」。

比爾好像不在。
➡ Bill doesn't seem to be here.
我個人覺得他不會來。
➡ I would say he isn't coming.

幾點出發比較好？
➡ What time should we go?
我個人覺得四點前到比較好。
➡ I would say we should get there by 4:00.

我可以把腳踏車停在這裡嗎？
➡ Is it alright to park my bike here?

我個人覺得馬上就回來的話應該沒關係。

➡ I would say it's fine if you come back quickly.

. . . . . . . . . . . . . . . . . . . . . . . . . . . . . . . . . . . . . . . . . . . . . . . . . . . .

你覺得會議會開多久呢？

➡ How long do you think the meeting will take?

我個人覺得應該一個小時左右吧。

➡ I would say only about an hour.

. . . . . . . . . . . . . . . . . . . . . . . . . . . . . . . . . . . . . . . . . . . . . . . . . . . .

這封信該寄給誰呢？

➡ To whom should I send this email?

用副本寄給所有會議出席者就好了吧。

➡ I would say you should cc everybody who came to the meeting.

. . . . . . . . . . . . . . . . . . . . . . . . . . . . . . . . . . . . . . . . . . . . . . . . . . . .

你覺得他們會接受我們的提議嗎？

➡ Do you think they'll accept our proposal?

我個人覺得可能性滿高的。

➡ I would say our chances are good.

 對話小技巧　必須反覆使用 maybe 時，就適時穿插著 I would say 吧。

## 表現出「吐露真心話的感覺」
# To be honest, … / 說真的……

全世界都一樣，任誰都喜歡聽真心話。就算是充滿客套話的商務往來，要是有人突然以「坦白說……」開頭說出真心話，氣氛就會瞬間變得熱烈。To be honest, … 在這種要表現出真心話的場合中就相當好用。

這個開頭語也可以搭配 with you，用 To be honest with you, … 表達。如此一來，就能夠表現出「只對你說」的感覺，進一步營造出更親密的氛圍。

類似意思的開頭語還有 To tell you the truth, …（老實說）、Frankly speaking（坦白說、打開天窗說亮話），這兩個也是母語人士常用的開頭語，一起背熟的話，就可以在不想反覆使用相同句子時派上用場了。

---

明天的簡報準備好了嗎？
➡ Are you ready for your presentation tomorrow?
老實說我覺得很不安。
➡ To be honest, I'm really nervous.

---

恭喜榮升！
➡ Congratulations on your promotion!
坦白說我不確定自己有這個資格。
➡ To be honest, I'm not sure if I'm ready for this.

---

我認為以現況來說，這是最好的選擇。
➡ I believe this is the best choice for us right now.

老實說我是反對的。

➡ To be honest, I disagree with that.

······

我聽說契約內容有幾處變動。

➡ I heard there were some changes made to the agreement.

坦白說，我不覺得你聽了會開心。

➡ To be honest, I don't think you'll be very happy.

······

那就成交了對吧？

➡ So, do we have a deal?

坦白說我還沒辦法下決定。

➡ To be honest, I can't make a decision yet.

（※have a deal：達成共識、就這麼說定）

······

麥克，你對這件事情有什麼想法？

➡ What are your thoughts on this, Mike?

坦白說，我覺得我們已經失焦了。

➡ To be honest, I think we are missing the point.

 **對話 小技巧** 用坦率的意見創造出親密的氛圍。

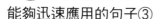

## 能夠迅速應用的句子③

# 想為「真的嗎?」來點變化時

善用英語表達出「這是真的嗎?」、「不敢相信!」、「騙人的吧?」等情緒,並搭配適度的反應,就能讓整場對話更自然。接下來就一起成為英語反應達人吧。

**正式**

### 是這樣啊?
### Is that so?

▶ 與 Really? 的用途幾乎相同,聽到對方的話覺得有疑問時,也可以當成「是這樣嗎?」來使用。

### 我無言以對!
### I'm speechless!

▶ 意思是「驚嚇到說不出話來」。聽聞不知道該怎麼反應才好的新聞或消息時,可以先用這句話填補空白。

### 什麼!
### Oh, no!

▶ 聽到壞消息時可以用來表現震驚,根據前後文也可用來表示同情。

### 你是認真的?
### Seriously?

▶ 用途與 Really? 或 Are you serious? 幾乎相同。聽到這個問句時,若想回答「我是認真的」或「正是如此」時,可以回答 I'm positive. 或 I'm serious.。

### 真的嗎?
### For real?

▶ 比 Really?、Are you sure? 更簡潔的說法,接收到善意的提議時可以用此來表示「真的可以嗎?」的意思。

**口語**

只用 50 個開頭語
就能輕鬆開口說英文

Note

# 情緒高昂

### 像母語人士一樣帶有高昂的情緒

**接下來要學的表達方式**

我很喜歡～／我不敢相信～／我非常期待～／我期待得不得了
你一定會嚇到／可以～的話就太棒了／你一定可以～
舉例來說、假設～／如果～的話呢？

# 28

# 刻意說出「超喜歡！」
# I just love... / 我很喜歡～

各位是否覺得母語人士的情感表達非常豐富呢？說英語時只要適度搭配語調的抑揚頓挫，就能夠清楚表現出情緒。

I just love... 就是一種用來表達「非常喜歡」的開頭語，當然光用 I love... 也無妨，但是母語人士在對話中習慣用誇飾法炒熱氣氛。

加上強調用的 just 就能夠表現出更強烈的情緒，另外，**發音時若將 love 拉長變成「lo ～ ve」的話效果會更好**。

收到禮物時就是非常適合使用這個開頭語的時機。用 I just love... 表現出自己的開心，想必能夠讓送禮的人感到欣慰。

---

我買了你喜歡的巧克力。
➡ I got you your favorite chocolate.
謝謝你！我超喜歡這個牌子！
➡ Thanks! I just love this brand!

---

你喜歡健行與露營對吧？
➡ I see that you like hiking and camping.
沒錯，我最喜歡戶外活動了。
➡ Yes, I just love the outdoors.

---

哇，你不必送我這麼多餅乾的！
➡ Oh, you don't have to give me so many cookies.

別在意，我最喜歡烤餅乾了。

➡ It's no problem. I just love making cookies.

- - - - - - - - - - - - - - - - - - - - - - - - - - - - - - - - - - - - - - - - - -

你喜歡的歌手出了新專輯喔。

➡ Your favorite artist released a new album.

哇，好開心！我最喜歡聽他的歌了。

➡ Oh, wow! I just love his music.

- - - - - - - - - - - - - - - - - - - - - - - - - - - - - - - - - - - - - - - - - -

你為什麼不減肥？

➡ Why don't you go on a diet?

我最喜歡吃了。

➡ I just love eating.

- - - - - - - - - - - - - - - - - - - - - - - - - - - - - - - - - - - - - - - - - -

你真是個工作狂！

➡ You work so hard!

沒那麼誇張啦，我只是熱愛我的工作而已。

➡ Not really. I just love my job.

對話
小技巧　化身為母語人士，說話誇張一點吧！

# 29

# 刻意說出「驚嚇」
# I can't believe... / 我不敢相信～

　　母語人士很容易對一點小事做出誇張的驚訝反應，很多英語學習者也擅長說 Really? 或 Wow!，但是說完就沒下文了。對母語人士來說，**這些驚訝的反應後面通常會再接續其他句子**，如果說完 Really? 或 Wow! 就沒下文的話，整段對話就會卡住。這時建議搭配 I can't believe... 這個開頭語。

　　在 Wow! 這種感嘆詞後面接「我不敢相信」，表示自己震驚的原因，就能夠確實傳達出自己的想法，對方才知道該怎麼回話，讓對話的一來一往能夠繼續下去。

---

瑪麗說她不想再看到你了。
➡ Mary said she doesn't want to see you anymore.
什麼！我不敢相信她會說出這種話！
➡ Wow! I can't believe she said that!

---

新產品的樣品送到了。
➡ We got a prototype of the new product.
哇！這品質好到令人不敢相信！
➡ Wow! I can't believe how great the quality is!

---

ABC 公司說要和我們終止合作。
➡ ABC said that they want to stop doing business with us.

你說什麼？！我不敢相信他們竟然想這麼做！
➡ What?! I can't believe they would want to do that.

. . . . . . . . . . . . . . . . . . . . . . . . . . . . . . . . . . . . . . . . . . . . . . . . . . . . . .

這個餅乾真好吃！
➡ These cookies are delicious!
好吃吧？根本不敢相信這竟然零脂肪。
➡ I know! I can't believe they're fat-free.

. . . . . . . . . . . . . . . . . . . . . . . . . . . . . . . . . . . . . . . . . . . . . . . . . . . . . .

新年快樂！
➡ Happy New Year!
真不敢相信一年就這樣結束了。
➡ I can't believe another year has already gone by.

. . . . . . . . . . . . . . . . . . . . . . . . . . . . . . . . . . . . . . . . . . . . . . . . . . . . . .

你有遇到莎莉的兒子嗎？他今年已經十五歲了。
➡ Did you see Sally's son? He turned 15 this year.
他長得好高，讓我嚇了一大跳。
➡ I can't believe how tall he's gotten!

■■■ 對話
■■■ 小技巧　感嘆詞加上「驚訝的重點」是能夠有效炒熱氣氛的組合。

## 30

### 誇張地表現出「期待」
# I'm so excited about...
**/ 我非常期待～**

接下來要探討「期待」與「興奮」這方面的情感表現。

對母語人士來說，用 I'm so excited about... 這種包含「興奮」、「期待」意義的句型來表達情緒，屬於家常便飯。

用 so 這個詞就能夠表現出更期待的感覺，接著在 excited 後面加上 about V-ing，就可以表現出對何事感到期待。

表現出期待與興奮時，連聽者的情緒都會跟著愉悅。因此開口說英語時，就請和母語人士一樣，一起感到「期待、興奮」吧！

---

你今天是第一天嗎？加油！

➡ Is today your first day? Good luck.

謝謝！我非常期待在這裡工作。

➡ Thanks! I'm so excited about working here.

---

棒球季快開始了。

➡ Baseball season is starting soon.

我很期待能夠為支持的隊伍加油。

➡ I'm so excited about cheering for my favorite team!

---

我們公司的培訓是明天嗎？

➡ Our company's orientation is tomorrow, right?

沒錯，我對於能夠見到新人感到期待。

➡ Yes, it is. I'm so excited about meeting the new employees.

---

那齣電視節目在今晚播出最後一集。

➡ The last episode of that TV show airs tonight.

我很期待結局！

➡ I'm so excited about seeing the conclusion!

. . . . . . . . . . . . . . . . . . . . . . . . . . . . . . . . . . . . . . . . . . . . . . . . . . . . . . . . . .

你旅行時打算做什麼？

➡ What do you want to do on your trip?

我很期待享用各種美食。

➡ I'm so excited about trying different types of food!

. . . . . . . . . . . . . . . . . . . . . . . . . . . . . . . . . . . . . . . . . . . . . . . . . . . . . . . . . .

好好享受你的法國之旅吧。

➡ Enjoy your trip to France.

謝謝！真的很期待在那裡到處逛逛！

➡ Thanks! I'm so excited about visiting all of the places there!

*Thanks!*
*I'm so excited about*
*working here.*

**對話**
**小技巧**　　再搭配上興奮的表情與肢體語言就更完美了！

# 31 開心得「等不及了！」
# I can't wait to...
## / 我期待得不得了

　　接下來再介紹另一個表現「期待、興奮」的句型吧。和母語人士聊天時，只要稍微感受到期待與興奮，就盡情地化為句子說出來，如此能夠使對話更流暢，同時也讓對話朝著更積極的方向前進。

　　日本人在通電子郵件時，就算再憧憬對方，也不會在即將見面之前寫出「我等不及與你見面了」這樣的句子。但是英語卻經常用 I can't wait to see you!（我等不及與你見面了），這種句型一點也不誇張，**單純是坦白說出自己的期待心情而已。**

. . . . . . . . . . . . . . . . . . . . . . . . . . . . . . . . . . . . . . . . . .

你買新車了嗎？
➡ Did you buy a new car?
沒錯，我等不及出去兜風了。
➡ Yes, I can't wait to go for a drive.

. . . . . . . . . . . . . . . . . . . . . . . . . . . . . . . . . . . . . . . . . .

聽說你調到海外辦公室了。
➡ I heard you'll be transferred to the overseas office.
我等不及挑戰新工作了。
➡ I can't wait to start my new position there.

. . . . . . . . . . . . . . . . . . . . . . . . . . . . . . . . . . . . . . . . . .

我搭乘的飛機快降落了。
➡ My plane just landed.
等不及見到你了！
➡ I can't wait to see you!

山姆昨天從俄羅斯回來了。

➡ Sam got back from Russia yesterday.

我等不及聽他說說旅行趣聞了。

➡ I can't wait to hear all about his trip.

---

你看起來很累。

➡ You look so tired.

我等不及回家睡覺了。

➡ I can't wait to get home and go to bed.

---

會議快開始了。

➡ We're going to start the meeting soon.

我等不及要聽大家的點子了。

➡ I can't wait to hear everyone's ideas.

> Yes, I can't wait to go for a drive.

| 對話 小技巧 | 將期待感誇飾「三成」左右的感覺最恰當。 |

# 32

# 提升「期待感」
## You'll never believe...
### / 你一定會嚇到

聊天氣氛正熱時，也可以加上一點「預告詞」。預告詞可以煽動對方的期待，讓對話更加熱烈，而這裡要介紹的就是 You'll never believe...。

直譯就是「你一定不會相信～」，**在講述自己覺得非常驚訝的事情時，能夠藉此表達出自己的亢奮情緒。**

舉例來說，聽到 How was the movie?（你覺得那部電影如何？）的問題時，就可以回答 You'll never believe what happens in the ending.（結局很驚人喔）。

母語人士經常用這個開頭語為對話撒上調味料，各位有機會一定要嘗試看看。

昨晚的派對如何呢？
➡ How was the party last night?
你一定不會相信我遇到誰！
➡ You'll never believe who I saw!

You'll never believe
who I saw!

這本書如何呢？

➡ How was the book?

非常有趣，你要是知道殺人兇手是誰，肯定會嚇一大跳。

➡ It was a great read. You'll never believe who the killer was.

- - - - - - - - - - - - - - - - - - - - - - - - - - - - - - - - - - - - - - - - - - -

你有跟爸媽聊過你的問題了嗎？

➡ Did you talk to your parents about your problem?

你肯定不會相信我爸媽的反應。

➡ You'll never believe how my parents reacted.

- - - - - - - - - - - - - - - - - - - - - - - - - - - - - - - - - - - - - - - - - - -

和 ABC 公司的交涉結果如何？

➡ How are the negotiations with ABC going?

你或許不會相信……他們拒絕我們提出的條件。

➡ You'll never believe it, but they rejected our offer.

- - - - - - - - - - - - - - - - - - - - - - - - - - - - - - - - - - - - - - - - - - -

我喜歡你的墨鏡。

➡ I like your sunglasses.

你要是知道它的價錢，肯定會嚇一大跳。

➡ You'll never believe how much they cost!

- - - - - - - - - - - - - - - - - - - - - - - - - - - - - - - - - - - - - - - - - - -

你們簽約了嗎？

➡ Did you finalize the contract?

簽了！你要是聽到對方的出價，肯定會嚇一大跳。

➡ Yes! You'll never believe how much they offered!

 **對話小技巧** 藉此進一步炒熱對話的氣氛吧。

# 33

# 用「great」取代「good」
## It'll be great to...
/ 可以～的話就太棒了

　想要用表現「期待感」的句型炒熱對話氣氛時，有一句善用 great 的開頭語，那就是 It'll be great to...。

　這個句型不像前面的 I'm so excited about... 或 I can't wait... 那麼強烈釋放出自己的情緒，**是以較為冷靜的氛圍表現「我很期待」**。

　此外，這邊也很建議各位用 great 取代 good。good 的性質比較偏向「不錯」，無法充分表現出期待的心情。因此想要說「那就太好了！」、「這不是很棒嗎？」，來表達讚賞對方的心情時，若使用 That's good. 會顯得比較疏離，所以請務必使用 That's great!。

. . . . . . . . . . . . . . . . . . . . . . . . . . . . . . . . . . . . . . . . . . . . . . . . . . . .

祝你週末愉快！
➡ Enjoy your weekend!
謝謝，我很期待好好放鬆一下。
➡ Thanks. It'll be great to relax.

. . . . . . . . . . . . . . . . . . . . . . . . . . . . . . . . . . . . . . . . . . . . . . . . . . . .

我很期待高中的同學會。
➡ I'm looking forward to going to our high school reunion.
如果可以再見到大家就太棒了。
➡ It'll be great to meet everyone again.

. . . . . . . . . . . . . . . . . . . . . . . . . . . . . . . . . . . . . . . . . . . . . . . . . . . .

ABC 公司接受我們的提案了。
➡ ABC has accepted our proposal.

It'll be great to relax.

可以和他們簽約真是太好了。

➡ It'll be great to finalize a contract with them.

. . . . . . . . . . . . . . . . . . . . . . . . . . . . . . . . . . . . . . . . . . . . . . . . . . .

這些工作完成後就可以和家人見面了，你一定很開心吧？

➡ It must be nice to see your family after all this work.

是啊，我很期待這週末可以陪陪孩子。

➡ I know. It'll be great to spend time with my kids this weekend.

. . . . . . . . . . . . . . . . . . . . . . . . . . . . . . . . . . . . . . . . . . . . . . . . . . .

我已經痊癒了，下星期就可以回去上班了。

➡ I'm completely better. I can come back to play next week.

我很期待你的回歸。

➡ It'll be great to have you back.

. . . . . . . . . . . . . . . . . . . . . . . . . . . . . . . . . . . . . . . . . . . . . . . . . . .

顧問來了。

➡ The consultant is here.

很好，我很期待聽到第二個意見。

➡ Brilliant. It'll be great to get a second opinion.

| 對話 小技巧 | 要記得 great 比 good 更易於炒熱氣氛。 |
|---|---|

# 34

## 用「開朗」的態度鼓勵對方
## I'm sure you'll... /你一定可以～

　　對方吐露不安情緒時，迅速回以積極的話，會是最好的應對方式，能夠瞬間拉近兩人心靈的距離。

　　舉例來說，當對方說出類似 I don't know if I can pass this test.（我不知道這次考試是否能合格）等負面的話時，就說點能夠溫柔鼓勵對方的話。

　　**以中文來說就是「沒問題的」、「加油」**，英語則會以 I'm sure 表達這樣的意思。即使毫無根據，也可以開朗地說出 I'm sure you'll do well.（我相信你一定會做得很好），這是母語人士相當常用的鼓勵方法。

- - - - - - - - - - - - - - - - - - - - - - - - - - - -

我們夫妻倆沒有出國過，覺得很緊張。
➡ My husband and I have never been abroad before. We're so nervous.

我相信你們一定會歡度快樂時光的。
➡ I'm sure you'll have a great time there.

- - - - - - - - - - - - - - - - - - - - - - - - - - - -

我似乎一直找不到適合自己的工作。
➡ I just can't seem to find the right job for me.

> I'm sure you'll have a great time there.

我相信你很快就可以找到適合自己的工作。

➡ I'm sure you'll find one that suits you soon.

. . . . . . . . . . . . . . . . . . . . . . . . . . . . . . . . . . . . . . . . . . . . . . . . . . . . . . . . . . . . . . . .

不好意思，我還有些疑慮。

➡ I'm sorry, but I have some doubts.

我相信你聽了我的簡報就會認同的。

➡ I'm sure you'll agree with me after my presentation.

. . . . . . . . . . . . . . . . . . . . . . . . . . . . . . . . . . . . . . . . . . . . . . . . . . . . . . . . . . . . . . . .

就要見到你爸媽了，我好緊張。

➡ I'm nervous about meeting your parents.

你們一定會處得來的。

➡ I'm sure you'll get along great.

（※get along：處得來）

. . . . . . . . . . . . . . . . . . . . . . . . . . . . . . . . . . . . . . . . . . . . . . . . . . . . . . . . . . . . . . . .

這部新電腦好難用！

➡ This new computer is so confusing!

我相信你很快就會習慣的。

➡ I'm sure you'll get used to it.

. . . . . . . . . . . . . . . . . . . . . . . . . . . . . . . . . . . . . . . . . . . . . . . . . . . . . . . . . . . . . . . .

我不知道要說哪些話表示歡迎。

➡ I don't know what to say during my welcome speech.

我相信你到時候一定會想出來的。

➡ I'm sure you'll think of something.

| 對話<br>小技巧 | 不必想太多，大方地鼓勵對方吧。 |
|---|---|

## 35 用「如果」拋出話題
### Let's say...  / 舉例來說、假設～

　　提到「假設」的英語，是不是很多人都想到 if 呢？但是**其實還有一種非常好用的假設法，但是學校卻很少會教**，那就是 Let's say...。

　　if 子句是從屬子句，必須依附其他獨立的句子，但是 Let's say... 只要在後面接上一般句子就可以了，非常簡單，例如：Let's say you can't get the job. Then what?（假設你找不到工作，那你打算怎麼辦？）

　　此外 Let's say... 也很常用在**提議的情況**，像是「～的話你覺得如何呢？」、「這只是我的假設……」等等。

. . . . . . . . . . . . . . . . . . . . . . . . . . . . . . . . . . . . . . . . . . . . . . . . . . . .

假設你可以去世界任何一個地方，你會去哪裡？
➡ Let's say you're free to go anywhere in the world. Where would you go?

我想想……應該是芬蘭吧。
➡ Hmm, I would say Finland.

. . . . . . . . . . . . . . . . . . . . . . . . . . . . . . . . . . . . . . . . . . . . . . . . . . . .

假設你撿到一萬元，你打算怎麼辦？
➡ Let's say you find ten thousand NT dollars on the ground. What would you do?

應該會交給警察吧。
➡ I'd report it to the police.

. . . . . . . . . . . . . . . . . . . . . . . . . . . . . . . . . . . . . . . . . . . . . . . . . . . .

十點半在太平洋飯店的大廳見面如何？
➡ Let's say 10:30 at the lobby of the Pacific Hotel?

Let's say you're free to go anywhere in the world.

---

當然好，就在那邊見面吧。
➡ Sure, let's meet there.

. . . . . . . . . . . . . . . . . . . . . . . . . . . . . . . . . . . . . . . . . .

假設路程要一個小時，我們幾點出發比較好？
➡ Let's say it takes an hour to get there. When should we leave?
五點如何？這樣比較保險。
➡ How about 5:00? Just in case.

. . . . . . . . . . . . . . . . . . . . . . . . . . . . . . . . . . . . . . . . . .

我想借錢，五十美金之類的。
➡ I need to borrow some money. Let's say 50 dollars.
你為什麼需要這筆錢？
➡ Why do you need it?

. . . . . . . . . . . . . . . . . . . . . . . . . . . . . . . . . . . . . . . . . .

假設把他調到加州分店的話，你覺得如何？
➡ Let's say we transfer him to the California branch.
好點子，畢竟他英語很好。
➡ That's a good idea. His English is perfect.

---

**對話**
**小技巧**　　Let's say… 用起來比 if、for example 還要簡單。

# 36 用「如果～的話呢？」回答
## What if...? / 如果～的話呢？

　　要是有個句型可以針對對方說的話，**輕易反問「如果～的話呢？」**，想必就會成為強力的武器，讓英語會話的節奏更加流暢吧，What if...? 就是這麼好用的句型。

　　這個開頭語與 Let's say... 一樣，能夠輕易地**簡化原本很長的句子**。

　　舉例來說，聽到 We're having the barbecue party this Saturday.（我們這週六要烤肉）時，若想詢問「要是下雨的話怎麼辦？」，不使用 What if，就會變成 What would you do if it rains?；改用 What if 開頭的話，就只要說 What if it rains? 這麼簡單。

---

我們這週六要烤肉。
➡ We're having the barbecue party this Saturday.
要是下雨的話怎麼辦？
➡ What if it rains？

---

別擔心，詹姆士會準時到的。

➡ Don't worry, James will be here on time.

要是他遲到的話怎麼辦？

➡ What if he comes late?

. . . . . . . . . . . . . . . . . . . . . . . . . . . . . . . . . . . . . . . . . . . . . . . . . . . . . . . . . . . . . . . . . . .

這是敝公司的最新商品。

➡ This is our newest product.

我喜歡這個設計，但要是客戶無法接受比較貴的價格怎麼辦？

➡ I like the design, but what if our customers don't like the higher price?

. . . . . . . . . . . . . . . . . . . . . . . . . . . . . . . . . . . . . . . . . . . . . . . . . . . . . . . . . . . . . . . . . . .

你看起來很緊張，怎麼了嗎？

➡ You look nervous. What's wrong?

要是我失敗的話怎麼辦？

➡ What if I make a mistake?

. . . . . . . . . . . . . . . . . . . . . . . . . . . . . . . . . . . . . . . . . . . . . . . . . . . . . . . . . . . . . . . . . . .

我們該去哪裡吃午餐？

➡ Where should we have lunch?

試試那間新餐廳如何？

➡ What if we try that new restaurant?

. . . . . . . . . . . . . . . . . . . . . . . . . . . . . . . . . . . . . . . . . . . . . . . . . . . . . . . . . . . . . . . . . . .

新網站好難用。

➡ The new website is hard to use.

換個簡單一點的設計，你覺得如何？

➡ What if we try a simpler design?

| 對話<br>小技巧 | 簡短地表達本該很長的假設句。 |

能夠迅速應用的句子④

## 想為「你說什麼？」來點變化時

「裝懂」往往會引發意想不到的糾紛，但是也不能一直重複說著 Pardon?，英語裡還有其他類似的表達方法，請各位適度活用，以確認自己沒聽懂的部分吧。

正式

**方便請你再說一次嗎？**
Could you repeat that?

▶ 非常有禮貌的詢問方式。

**請你再說一次。**
Run that by me again.

▶ 主要是美國人在使用，另外也可以替換成 Could you run that by me again?（你可以再說一次嗎？）

**不好意思，你剛才說什麼？**
I'm sorry?

▶ 只要句尾音調上揚，就能完整表現出 I'm sorry. What did you say? 的意思。

**你說了什麼？**
What's that?

▶ 沒聽懂對方的話時，可以立即回以這句話。

**再說一次？**
Come again?

▶ 句尾音調下沉的話就是「有空再來」的意思，音調上揚就成了反問對方的意思。

口語

# 否定、反駁

## 在對話中爽快地夾帶自己的意見

**接下來要學的表達方式**

不好意思⋯⋯／希望不會讓你感覺不好／我們必須留意～

我不太想⋯⋯／確實如此，但你不覺得～？

你是認真的嗎？真的嗎？

# 37 藉「不好意思」中斷對話
## Sorry, but… / 不好意思……

　　對話途中出現不認識的單字，想要確認，或是想反駁對方的時候，就會需要稍微打斷對話。這時可以用來修飾語氣的開頭語就是 Sorry, but…，表現出「抱歉打斷你的話」、「不好意思」的感覺。

　　打斷對話時的用詞不夠謹慎的話，可能會使對話的氣氛變得很差。例如，在表達 I'm having a hard time understanding your plan.（我對你的計畫有一些不太瞭解的地方）或 I have to leave now.（我得先離開了）這種有點難說出口的話時，只要使用 Sorry, but… 就能夠在顧及對方心情的同時傳達自己的想法。

下週日要不要一起去露營？
➡ Why don't we go camping next Sunday?
抱歉，我那天有事。
➡ Sorry, but I have plans on that day.

這件襯衫有 M 號嗎？

➡ Do you have this shirt in a medium size?

不好意思，M 號都賣完了。

➡ Sorry, but we are all sold out.

................................................................

你千萬別錯過這個機會。

➡ You can't miss this opportunity.

不好意思，我對這份工作沒有興趣。

➡ Sorry, but I'm not interested in the offer.

................................................................

史蒂夫，你過得好嗎？

➡ Steve, how have you been?

不好意思，我應該不認識你，我叫雅各。

➡ Sorry, but I don't think we've met. I'm Jacob.

................................................................

你能夠重新考慮嗎？

➡ Would you please reconsider?

抱歉，已經沒有交涉的餘地了。

➡ Sorry, but there's no room for negotiation.

................................................................

所以這部電話可以半價賣給我對吧？

➡ So, you're giving me a 50 percent discount on this phone, right?

抱歉，我想你誤會了。

➡ Sorry, but I think you misunderstood.

**對話
小技巧** 說這個開頭語時，最好帶著歉疚的表情。

# 38

## 說出「我無意冒犯」
# No offense, but...
### / 希望不會讓你感覺不好

　　英語對話也是一種交流，光是一味地向彼此說些正面話是行不通的。**雙方意見不同的時候，就必須說出否定的話。**

　　母語人士遇到這種情況時，會不假思索地使用 No offense, but... 這個開頭語。

　　offense 的意思是「惡意」、「無禮」，No offense, but... 就是「我並不是懷著惡意說出這些話」、「希望不會讓你感覺不好」的意思。

　　可以將這句話視為 No offense is meant.（我無意冒犯）的省略。此外，相對於 No offense. 是「我無意冒犯」的意思，No offense taken. 則是「我沒有覺得被冒犯」。

---

這是我們最好的出價。

➡ This is our best offer.

無意冒犯，但是我們不能接受。

➡ No offense, but I don't think we can accept.

---

你能給我的簡報一些建議嗎？

➡ Do you have any advice about my presentation?

無意冒犯，我覺得你做得太複雜了。

➡ No offense, but it seems a bit complex.

---

我認為麥克沒有做好工作。

➡ I don't think Mike is doing a good job.

無意冒犯，但我認為你誤會了。
➡ No offense, but I think you are mistaken.

................................................

下班後一起去喝一杯吧。
➡ Let's have drinks after work.
我沒有惡意，但是我明天一大早就得進公司了。
➡ No offense, but I need to be in the office pretty early tomorrow.

................................................

你能幫幫我嗎？
➡ Could you help me with this?
我沒有惡意，只是我得先專注於現在的工作上。
➡ No offense, but I need to focus on what I'm doing now.

................................................

我不知道今天要開會。
➡ I wasn't aware there was a meeting scheduled today.
無意冒犯，但是大家都有收到同一封通知信喔。
➡ No offense, but we all received the same e-mail about it.

 對話 小技巧　負面的事情不可以說得太直白。

# 39

# 指出難以啟齒的要求
## Let's be careful about...
### / 我們必須留意～

　　母語人士向他人提出負面話語（譬如指責）時不會說得太直白，甚至可以說他們在這方面的表達方式，或許比日本人還要委婉麻煩。

　　但是要表達委婉感的開頭語其實很簡單，只要使用 Let's be careful about... 就能夠輕鬆表達了。**這個句型的語意為「我也必須跟你一起注意」，聽者比較不會有聽人說教的感覺。**善用這種表達方式的話，就能夠在不引起反感的情況下，說出：「我覺得你應該這樣做比較好。」

　　about 後面可以接上名詞或動名詞（V-ing）。假設是要說「我們必須留意～的方法」時，就像 Let's be careful about how to... 這樣，加上 how to 即可。

．．．．．．．．．．．．．．．．．．．．．．．．．．．．．．．．．．．．．．．．．

我胖了十公斤！
➡ I gained ten kilograms!
我們以後多注意三餐的攝取吧。
➡ Let's be careful about what we eat.

．．．．．．．．．．．．．．．．．．．．．．．．．．．．．．．．．．．．．．．．．

我的老師是個笨蛋！
➡ My teacher is so stupid!
我們得注意一下用字遣詞。
➡ Let's be careful about our language.

．．．．．．．．．．．．．．．．．．．．．．．．．．．．．．．．．．．．．．．．．

這件襯衫太休閒了嗎？
➡ Is my shirt too casual?

我們得重視服裝規定。

➡ Let's be careful about following the dress code.

- - - - - - - - - - - - - - - - - - - - - - - - - - - - - - - - - - - - - - - - - - -

我們該買新電視了！

➡ We should buy a new television!

我們得謹慎用錢。

➡ Let's be careful about how we spend our money.

- - - - - - - - - - - - - - - - - - - - - - - - - - - - - - - - - - - - - - - - - - -

我整天都在家裡看電視。

➡ I stayed at home and watched TV all day.

我們得把時間花費在有意義的事情上。

➡ Let's be careful about using our time wisely.

- - - - - - - - - - - - - - - - - - - - - - - - - - - - - - - - - - - - - - - - - - -

我不確定自己有沒有算對。

➡ I'm not sure my figures are right.

一起注意別出錯吧。

➡ Let's be careful about not making any mistakes.

Let's be careful about what we eat.

對話
小技巧　若不想讓對方覺得受到指責，語氣可輕巧一點。

# 40

# 用「我不太……」婉拒
## I'd rather not... / 我不太想……

　　想向對方說 No 的時候，**用 I don't want to... 或 I'll never... 等會太過直白，讓人覺得冷酷無情**。這時 I'd rather not... 就相當好用，這個開頭語含有「可以的話我不想～」的語氣，也能成功讓他人感受到「我其實不想」的心情。這個開頭語拒絕起來相當保守，不會讓人覺得刻薄，因此相當值得運用。

　　另外想表示「雖然我不想，但是無可奈何」的情況時，只要用 I'd rather not... 搭配 but 即可，例如 I'd rather not go shopping now, but I've got nothing in my refrigerator.（我現在不太想去購物，但是冰箱空了）。

----

你的派對有幾個人會參加？

➡ How many people are going to your party?

我不想邀請太多人。

➡ I'd rather not invite a lot of people.

----

你的體重是多少？

➡ How much do you weigh?

我不太想回答。

➡ I'd rather not say.

- - - - - - - - - - - - - - - - - - - - - - - - - - - - - - - - - - - - - - - - - -

你有什麼困擾嗎？

➡ Is there anything troubling you?

我不太想談這件事情。

➡ I'd rather not talk about it.

- - - - - - - - - - - - - - - - - - - - - - - - - - - - - - - - - - - - - - - - - -

這部筆電的價格是一千美金。

➡ This laptop is 1,000 dollars.

我沒打算花那麼多錢。

➡ I'd rather not spend that much money.

- - - - - - - - - - - - - - - - - - - - - - - - - - - - - - - - - - - - - - - - - -

你不用那麼急著解決。

➡ You don't need to finish it right away.

我不想每件事情都拖到最後一秒鐘。

➡ I'd rather not leave everything until the last second.

- - - - - - - - - - - - - - - - - - - - - - - - - - - - - - - - - - - - - - - - - -

會議可以延到下週嗎？

➡ How about postponing the meeting to next week?

非必要的情況下我不想把事情往後延。

➡ I'd rather not delay things any longer than I need to.

  **對話 小技巧** ｜ not 後面使用原形動詞即可。

# 41

## 用「Yes」來否定
## Yes, but don't you think...?
### / 確實如此，但你不覺得～？

　　母語人士常用的會話技巧之一，就是先用 Yes 同意對方的話，緊接著用「但是……」去反駁。對說話者而言，用 Yes, but... 技巧來反駁對方，會比直接說 No 還要好開口。

　　即使是說中文，要反駁的時候也鮮少會說「不，沒有這回事」，通常會說「或許是這樣，但是……」，這樣的表達方法確實比較好開口。

　　此外，Yes, but don't you think...? 後半段的「don't you think...?」則表現出「你不覺得嗎？」的疑問，因此不會讓對方覺得你反駁得過於強勢。先用 Yes 表現你接納對方想法，接著再謹慎地提出疑問，對方應該就不會不開心了。

一起去購物吧！
➡ Let's go shopping!
好啊，但在那之前我們是不是該先吃飯？
➡ Yes, but don't you think we should eat first?

你可以幫我檢查一下電腦嗎？
➡ Could you take a look at my computer?
可以啊，不過你不覺得請專家檢查會比較好嗎？
➡ Yes, but don't you think we should ask an expert?

我們趕快來進行這個專案吧。
➡ Let's get started on the project.

好啊，不過是不是該先取得主管的許可呢？

➡ Yes, but don't you think we should get permission from the boss?

. . . . . . . . . . . . . . . . . . . . . . . . . . . . . . . . . . . . . . . . . . . . . . . . . . . . . . . . . . . . .

要不要去海邊？

➡ Do you want to go to the beach?

好哇，但是你不覺得現在游泳太冷了嗎？

➡ Yes, but don't you think it's a little bit too cold for swimming?

. . . . . . . . . . . . . . . . . . . . . . . . . . . . . . . . . . . . . . . . . . . . . . . . . . . . . . . . . . . . .

這件襯衫適合我嗎？

➡ Does this shirt suit me?

不錯啊，但是你不覺得袖子太短了嗎？

➡ Yes, but don't you think the sleeves are a little short?

. . . . . . . . . . . . . . . . . . . . . . . . . . . . . . . . . . . . . . . . . . . . . . . . . . . . . . . . . . . . .

我覺得網頁版面應該要改。

➡ We should change the website layout.

這主意不錯，但是你不覺得我們應該先確認顧客的想法嗎？

➡ Yes, but don't you think we should check with the client first?

 對話 小技巧　以提問的形式包裝，所以能夠輕鬆反駁。

# 42 吐槽對方「你認真的？」
# Are you serious about...?
## / 你是認真的嗎？真的嗎？

前面介紹了幾個可以溫和否定、反駁對方的方法，接下來要介紹的是以開玩笑語氣詢問對方：「你是認真的嗎？」這時可以使用的開頭語就是 Are you serious about...?。

這句就是用來**吐槽對方「你是認真的？」、「真的假的？」的開頭語**，雖然比較口語，不過和 Are you serious?、Really?、Are you sure? 等意思相近的句子一樣，都是母語人士會大量使用的句型，不懂得靈活運用的話，就難以和母語人士來場節奏明快的對話。經常使用 Really? 的人，也試著用用看 Are you serious about...? 吧！如此一來，就更像一個擅長英語口說的人了。

serious 的意思是「嚴肅的、認真的」，根據語調的不同，有時會少了吐槽性質，單純在問：「你是認真的嗎？」

........................................................

你說聖誕節會吃龍蝦是認真的嗎？
➡ Are you serious about eating lobster for Christmas?
沒錯，這是我們家的傳統。
➡ Yes, it's a family tradition.

........................................................

*Are you serious about eating lobster for Christmas?*

你說的是認真的嗎？

➡ Are you serious about what you're saying?

沒錯，我是認真的。

➡ Yes, I am.

..........................................................................

你說要跟 ABC 公司解除合約，是認真的嗎？

➡ Are you serious about canceling the contract with ABC?

這是個很艱難的決定，但確實如此。

➡ It was a difficult decision, but yes.

..........................................................................

你真的打算向莎莉求婚嗎？

➡ Are you serious about proposing to Sally?

當然！我下了很大的決心！

➡ Of course! It's a major decision!

..........................................................................

你說要搬到阿拉斯加是認真的嗎？

➡ Are you serious about moving to Alaska?

不，我開玩笑的，我最怕冷了。

➡ No, I was just joking. I hate the cold.

..........................................................................

你是認真對待這份工作的嗎？

➡ Are you serious about this job?

當然，這可是我夢想中的工作。

➡ Definitely, it's my dream job.

| 對話 小技巧 | 不想說 Really? 時，就試著用 Are you serious? 代替吧。 |
|---|---|

能夠迅速應用的句子⑤

# 想為「好喔」來點變化時

總覺得光憑 OK! 無法充分傳達爽快允諾的心情……遇到這種煩躁的狀況時，就可以祭出本單元介紹的開頭語。這些開頭語比 OK! 更友善，母語人士很常用來表達「欣然允諾」的意思。

**正式**

**榮幸至極。**

## With pleasure.

▶ 意思是「滿心喜悅地接受」，通常是在對方詢問 Will you...?、Would you...? 等「可以幫我～嗎？」的委託時派上用場。

**我的榮幸。**

## I'd be happy to.

▶ 回答 I'd be more than happy to. 時能夠更進一步表現欣然允諾，比 With pleasure. 更口語一點。

**當然。**

## Certainly.

▶ 跟 Sure. 一樣有允諾、許可的意思，但是更加正式。

**當然囉。**

## Sure thing.

▶ 也可以只回答 Sure.，但是句子太短，有時聽起來偏向「都可以」的意思。Sure thing. 的語氣更加親切，能夠避免這方面的誤會。

**沒問題。**

## No problem.

▶ 與 Okay.、Sure. 一樣都是爽快允諾對方時可以用的表達方式。

**口語**

# 確認

## 適時的止步讓對話有定論

接下來要學的表達方式

請務必完成～／或許是我搞錯了，不過……／～是什麼意思呢？

可以～嗎？／你確定是～嗎？／讓我們來確認～

也就是說，是～的意思對吧？／就讓我們～吧！

# 43 確認需求是否有傳達到
## Please make sure...
### / 請務必完成～

　　用不熟悉的英語討論正事的時候，最後是不是會想確認對方是否真的瞭解自己的期望呢？但是直接詢問「你真的懂我意思嗎？」就稍嫌失禮了。

　　這時善用 Please make sure... 就能夠輕易確認清楚。**這個開頭語帶有「請別忘了～」的意思**，是確認對方有理解狀況的常用開頭語。

　　Be sure... 的性質與這個開頭語相當，但是使用時必須像 Be sure to lock the door.（要把門鎖好喔）這樣，接著「to ＋不定詞」。

................................................................

你外出時務必要把門鎖好。
➡ Please make sure you lock the door when you go out.
好，我會的。
➡ Okay, I will.

................................................................

這件事情絕對不可以讓別人知道。
➡ Please make sure nobody finds out about this.
我不會告訴任何人的。
➡ I won't say anything to anyone.

................................................................

將契約書交給客戶前請先檢查一遍。
➡ Please make sure you check the contract before sending it to the client.

我會仔細確認的。
➡ I'll certainly check things over.

今晚一定要出去倒垃圾喔。
➡ Please make sure you take out the trash tonight.
我晚餐吃飽就去倒。
➡ I'll do it after I eat dinner.

一定要帶山姆去看牙醫喔。
➡ Please make sure Sam goes to the dentist.
我上班時會順路帶他去。
➡ I'll drop him off on my way to work.

最晚週五一定要寄出文件喔。
➡ Please make sure you send the documents by Friday.
我已經處理好了。
➡ I already took care of it.

**對話小技巧** 可以強調「這件事情絕對不能出錯！」的語氣。

## 44 提出「我搞錯的話請糾正」
## Correct me if I'm wrong, but... / 或許是我搞錯了，不過……

這個開頭語帶有「也有可能是我誤會」的語氣，因此**在缺乏信心時，想向對方確認的話**，藉這個開頭語大膽詢問能夠讓對話順利推展。

前面已經介紹過 Sorry, but...（不好意思）、Yes, but don't you think...?（確實如此，但是你不覺得～嗎？）等開頭語，可以發現英語文化中遇到這些場景時，通常會加上重視對方感受的詞。

Correct me if I'm wrong, but... 帶有「要是我搞錯的話，我很抱歉」的意涵，因此非常適用於缺乏信心時的確認。相同表達方式還有 If I'm not mistaken,...（如果我沒搞錯的話），只要搭配偏弱的語調就很適合向對方做確認。

---

如果我搞錯的話很抱歉，請問你是大衛嗎？
➡ Correct me if I'm wrong, but are you David?
不，我不是，他的辦公室在這邊。
➡ No, I'm not. His office is right this way.

---

我可能搞錯了……這個字是不是打錯了？
➡ Correct me if I'm wrong, but is this a typo?
你是對的，我立刻修正！
➡ Yes, you're right. I'll fix it right away!

（※typo：打字失誤、打錯字）

---

如果是我搞錯的話先跟你說聲抱歉，但是我應該有點美式臘腸才對。

➡ Correct me if I'm wrong, but I believe I ordered pepperoni.

噢，抱歉！我立刻為您上菜。

➡ Oh, I'm sorry! I'll bring it out right away.

. . . . . . . . . . . . . . . . . . . . . . . . . . . . . . . . . . . . . . . . . . . . . . . . . . .

如果是我搞錯的話抱歉，那位是你母親嗎？

➡ Correct me if I'm wrong, but isn't that your mom?

不是，但是她跟我媽媽髮型一樣。

➡ No, but she has the same hairstyle.

. . . . . . . . . . . . . . . . . . . . . . . . . . . . . . . . . . . . . . . . . . . . . . . . . . .

如果是我搞錯的話抱歉，你昨天是不是也穿這件？

➡ Correct me if I'm wrong, but didn't you wear that yesterday too?

雖然很像，不過這其實是另外一件。

➡ It's similar, but it's a different shirt.

. . . . . . . . . . . . . . . . . . . . . . . . . . . . . . . . . . . . . . . . . . . . . . . . . . .

如果是我搞錯的話抱歉，但是麵條是不是煮久一點比較好？

➡ Correct me if I'm wrong, but shouldn't we cook the noodles longer?

也可以，但是我喜歡偏硬的麵條。

➡ We can, but I like firm noodles.

*Correct me if I'm wrong, but are you David?*

**對話 小技巧**　就算缺乏信心也可以用這個開頭語大方問。

# 將話中語意確認清楚
## What do you mean by...?
### / ～是什麼意思呢？

對話途中遇到不知道的事情時，放任不管的話就會使對話卡卡的，所以最好的方式就是有問題時立刻問出口。母語人士遇到這種狀況時，就會明快地詢問，一步步地釐清話中的意思。

假設聽到對方說出沒聽過的單字時，就可以問 What does "XXX" mean?（XXX 是什麼意思？）。

如果想確認的不是單字的意思，而是「對方的意圖」時，就改以 What do you mean by...?（你說的～是什麼意思呢？）的句型詢問。**這個句型是用來確認「你是以什麼樣的想法說出這段話」而非「字面上的意思」。**

---

「完成大部分」是什麼意思？
➡ What do you mean by "almost finished"?
意思是我們應該可以在週二完成。
➡ We'll probably finish it by Tuesday.

---

你為什麼說「下次見」？
➡ What do you mean by "see you later"?
因為我不喜歡說「再會」。
➡ I don't like saying "goodbye".

（※see you later 與 goodbye 都是再見的意思。see you later 是母語人士口語最常用的說法，代表短期內會再見面，是比較輕鬆的道別，而不是字面上的「等會見」；goodbye 則是較正式的說法。）

---

What do you mean by "almost finished"?

「可能會去」是什麼意思？
➡ What do you mean by "I might go"?
要加班的話我就不能去參加你的派對了。
➡ I can't go to your party if I have to work overtime.

- - - - - - - - - - - - - - - - - - - - - - - - - - - - - - - - - - - - -

「不小心放在那裡了」是什麼意思？
➡ What do you mean by "misplaced"?
老實說，我弄丟你的書了。
➡ The truth is that I lost your book.

（※misplace：放著忘記拿）

- - - - - - - - - - - - - - - - - - - - - - - - - - - - - - - - - - - - -

「檔案不見了」是什麼意思？
➡ What do you mean by "lost the files"?
我的電腦壞掉了，而且我也沒辦法復原。
➡ My computer crashed, but I think I can recover them.

- - - - - - - - - - - - - - - - - - - - - - - - - - - - - - - - - - - - -

「特別」是什麼意思？
➡ What do you mean by "unique"?
指我從來沒見過這東西。
➡ I've never seen anything like that.

 對話
小技巧　遇到不懂的事情就別想太多，直接問出口吧。

# 46 輕快地詢問「是否 OK ？」
## Is it okay to…? / 可以～嗎？

　　Okay 對我們來說已經是生活用語，在英語裡亦是，所以沒有道理不多多運用。

　　Is it okay to…? 意思是「可以～嗎？」，**是尋求對方許可的開頭語**。

　　想要更正式一點就使用 Would it be okay…?，追求更上一層樓的正式感時，則可使用 I was wondering if it would be okay…。但是請特別注意，別用這麼正式的開頭語詢問沒什麼大不了的小事，例如：I was wondering if it would be okay to open the window.（冒昧詢問您，我可以開窗嗎？）這樣反而會招來反感。

---

我可以用傳真寄送文件嗎？
➡ Is it okay to send the document by fax?
可以的話請用 e-mail。
➡ If possible, please send it by e-mail.

---

電腦可以借我一下嗎？
➡ Is it okay to borrow your computer?
請用。
➡ Go for it.

---

我可以把包包放在這裡嗎？
➡ Is it okay to leave my bag here?

放吧，我會幫你看著的。

➡ Yeah, I'll keep an eye on it for you.

---

方便請你幫我留言嗎？

➡ Is it okay to leave a message?

當然，我拿筆一下。

➡ Of course. Let me grab a pen.

---

我可以去一趟洗手間嗎。

➡ Is it okay to go to the restroom?

好的，快去快回。

➡ Okay, but make it quick.

---

我可以吃掉剩下的披薩嗎？

➡ Is it okay to eat the rest of the pizza?

請，我已經吃飽了。

➡ Go ahead, I'm already full.

Is it okay to send the document by fax?

對話 小技巧　用簡單的一句話請求他人的許可。

# 47 藉「你確定？」重複確認
## Are you sure...? / 你確定是～嗎？

　　談話時發現對方提到與自己認知不同的事情，或是說出難以置信的話語時，就可以藉由 Are you sure...? 這個開頭語**迅速向對方確認**：「你是認真的嗎？」、「你確定嗎？」這樣問並不會招來母語人士的反感，相當方便。

　　Are you sure 後面還可以接上其他句子。想搭配名詞的時候，就要加上 about，變成 Are you sure about...?，例如 Are you sure about that?（你確定是那樣嗎？）。

　　尤其商務場合中稍有誤會就可能釀成大問題，因此請盡情藉這個開頭語，若無其事地「確認清楚」吧。

你確定這間公司值得信賴嗎？
➡ Are you sure we can trust that company?
嗯……他們的風評好像不錯。
➡ Well, they seem to have a good reputation.

你真的不一起去看電影嗎？
➡ Are you sure you don't want to go to the movies together?
嗯，我想待在家中。
➡ Yes, I'd rather stay at home.

你真的在公園弄丟錢包了嗎？
➡ Are you sure you lost your wallet at the park?

不知道，也有可能是掉在車站了。
➡ Not really. I might have dropped it at the station.

. . . . . . . . . . . . . . . . . . . . . . . . . . . . . . . . . . . . . . . . . . . . . . . . . .

你確定有鎖門嗎？
➡ Are you sure you locked the door?
鎖了，我離開前有確認。
➡ Yeah, I checked before leaving.

. . . . . . . . . . . . . . . . . . . . . . . . . . . . . . . . . . . . . . . . . . . . . . . . . .

你真的不吃蛋糕嗎？
➡ Are you sure you don't want any cake?
很不巧的，我剛好在減肥。
➡ Unfortunately, I'm on a diet.

. . . . . . . . . . . . . . . . . . . . . . . . . . . . . . . . . . . . . . . . . . . . . . . . . .

你真的扛得住這份工作？
➡ Are you sure you can handle the work?
完全沒問題！
➡ It's no problem at all!

Are you sure we can trust that company?

 **對話 小技巧** 以「我姑且問問看」的心情爽快地問出口吧。

# 48

## 用「一起」修飾確認
## Let's check and see...
### / 讓我們來確認～

前面有介紹過在句首使用 Let's 就比較好開口指出他人缺失，而這邊則要將其用在「確認」上。

有重要的事情想確認，又擔心對方覺得不被信任時，就藉 Let's 表現出「讓我們來確認吧」的語氣。

check 的意思是「確認」，事實上 see 也具有「確認」的意義。因此 Let's check and see... 就**包含了「讓我們一起仔細確認」**的含意。

在這個開頭語後面接上 if 的話就會變成「一起確認是否～」，此外也可以接上 how 或 what 等開頭的子句。

--------

一起確認電影幾點開演吧。
➡ Let's check and see when the movie starts.
網站寫六點十五。
➡ The website says 6:15.

--------

讓我們來調查一下客戶對產品的想法。
➡ Let's check and see what our customers think of our product.
調查結果顯示，大家都很滿意。
➡ Our surveys say they are very satisfied with it.

--------

一起來確認珊迪對我們的點子有什麼想法吧。
➡ Let's check and see what Sandy thinks about our idea.

我不認為她會贊成。

➡ I don't think that she'll agree.

. . . . . . . . . . . . . . . . . . . . . . . . . . . . . . . . . . . . . . . . . . . . . . . . . . . . . . . . . . . . . . . . . . . . . . . . . . . .

一起來確認營業額吧。

➡ Let's check and see how sales are doing.

我聽說這一季的營業額提升了。

➡ I heard they were up this quarter.

. . . . . . . . . . . . . . . . . . . . . . . . . . . . . . . . . . . . . . . . . . . . . . . . . . . . . . . . . . . . . . . . . . . . . . . . . . . .

我們來確認這間百貨公司明天有沒有營業吧。

➡ Let's check and see if the department store is open tomorrow.

雖然明天是國定假日，但是百貨公司通常會營業。

➡ It's a holiday, but they'll be open as usual.

. . . . . . . . . . . . . . . . . . . . . . . . . . . . . . . . . . . . . . . . . . . . . . . . . . . . . . . . . . . . . . . . . . . . . . . . . . . .

來確認衣服乾了沒。

➡ Let's check and see if the laundry is dry.

應該沒問題吧，畢竟今天外面那麼溫暖。

➡ It's probably okay. It's really warm out today.

*Let's check and
see when the movie
starts.*

對話
小技巧　　連同 if 一起背熟會更好用。

# 49

## 用自己的話複述一次
# So, what you're saying is...?
### / 也就是說，是～的意思對吧？

　　用自己的話重新詮釋對方的發言，也是一種很好的英語會話練習。

　　除了藉此表達我是這麼理解的，確認對方的意圖與真正想法外，也能夠表現出「我有認真聽」的態度。

　　想要說「也就是說，是～的意思對吧？」時，So, what you're saying is...? 就是相當好用的開頭語。

　　這裡的關鍵在於句型中的 So，**這個字可以像中文的「我想想」一樣吸引對方的注意力，掌握對話的主導權**。所以請多方運用這個開頭語，提升自己的英語口說能力。

. . . . . . . . . . . . . . . . . . . . . . . . . . . . . . . . . . . . . . . . . . . .

我們的行程已經塞得很滿了。
➡ I'm afraid our schedule is pretty tight.
也就是說，你需要更多的時間對吧？
➡ So, what you're saying is you need more time?

. . . . . . . . . . . . . . . . . . . . . . . . . . . . . . . . . . . . . . . . . . . .

> So, what you're saying is you need more time?

我的火車誤點，然後我還迷路了。

➡ My train was delayed and I got lost.

也就是說，你沒辦法準時參加會議對吧？

➡ So, what you're saying is you'll be late for the conference?

. . . . . . . . . . . . . . . . . . . . . . . . . . . . . . . . . . . . . . . . . . . . . . . . . . . . . . . . . . . . . . . . . .

我沒辦法肯定這是不是正確的判斷。

➡ I'm not sure if we're making the right decision.

也就是說，我們需要更多時間來思考對吧？

➡ So, what you're saying is we need to take more time to think?

. . . . . . . . . . . . . . . . . . . . . . . . . . . . . . . . . . . . . . . . . . . . . . . . . . . . . . . . . . . . . . . . . .

這件事情我必須回公司和主管討論。

➡ I need to take this back to my superiors.

也就是說，你需要先獲得主管的許可對吧？

➡ So, what you're saying is you need their approval first?

. . . . . . . . . . . . . . . . . . . . . . . . . . . . . . . . . . . . . . . . . . . . . . . . . . . . . . . . . . . . . . . . . .

我不小心刪掉了你的來信。

➡ I mistakenly deleted your e-mail.

也就是說，你希望我重寄一次對吧？

➡ So, what you're saying is you'd like me to send it again?

. . . . . . . . . . . . . . . . . . . . . . . . . . . . . . . . . . . . . . . . . . . . . . . . . . . . . . . . . . . . . . . . . .

我想我的主管對這次的報價會非常滿意。

➡ I think my boss will be very happy with this estimate.

也就是說，我們成交了對吧？

➡ So, what you're saying is we have a deal?

**對話
小技巧**　消化對方的話語後重新說出口，可以提升英語口
說能力。

## 「自然地」切換話題
# Okay, so why don't we...?
/ 就讓我們～吧！

　　不管是多麼愉快的對話，總有該結束的時候，但是突然用 goodbye 打斷又太奇怪。那麼該如何自然地結束對話呢？

　　連同我在內的母語人士，想要營造出「結束對話的氣氛」時通常會說 Okay。這裡的**關鍵在於要拉長音**，用「Oka ～ y」的方式去說。如此一來，就能夠讓對方隱約感受到「好，到此告一段落」的氛圍。

　　Okay 後方再接上 so why don't we...? 就能夠散發出「好，那麼就～吧」的感覺，**表現出吸收對方話中意向後做出結論的態度**，以舒服的感覺掌握主導權，將對話導向結論。

---

我今晚不想吃義式料理。
➡ I don't feel like eating Italian for tonight.
那就去吃中式料理如何？
➡ Okay, so why don't we have Chinese instead?

---

明天好像會下雨。
➡ It looks like it'll rain tomorrow.
那麼烤肉派對就先喊停吧？
➡ Okay, so why don't we cancel the barbecue party then?

---

這個時間路上應該很壅塞。
➡ I think there will be traffic around this time.

> *Okay, so why don't we have Chinese instead?*

那就搭火車吧？
➡ Okay, so why don't we **go by train** then?

- - - - - - - - - - - - - - - - - - - - - - - - - - - - - - - - - - - - -

我今晚會在六點結束。
➡ I finish at 6:00 this evening.
那就約七點在餐廳會合吧？
➡ Okay, so why don't we **meet at the restaurant at 7:00?**

- - - - - - - - - - - - - - - - - - - - - - - - - - - - - - - - - - - - -

我不想看悲傷的電影。
➡ I don't want to watch a sad movie.
那就改租喜劇片吧。
➡ Okay, so why don't we **rent a comedy instead?**

- - - - - - - - - - - - - - - - - - - - - - - - - - - - - - - - - - - - -

經理出差到週二下午。
➡ The manager will be on a business trip until Tuesday afternoon.
那會議就改到週三早上吧。
➡ Okay, so why don't we **move the meeting to Wednesday morning?**

| 對話<br>小技巧 | 確認結論後就結束對話。 |
|---|---|

能夠迅速應用的句子⑥

# 想為「加油」來點變化時

事實上英語裡有許多句子的意思都相當於中文的「加油」，母語人士在想要激勵沮喪的同事、鼓勵準備簡報的屬下、鼓舞團隊夥伴等多種場合中，會依下列介紹使用不同的說法表達支持。

**正式**

**你一定可以的。**
**You can do it.**

▶ 如字面上所述，是鼓勵對方「你一定可以的」、「沒問題」。

**加油！**
**Do you best!**

▶ 直譯是「全力以赴吧」的意思，同意思的句子還有 Give it your best shot.。

**祝你幸運／加油！**
**Good luck!**

▶ 雖然意思是「祝你幸運」，但是也很常用在為他人打氣的場合。

**放輕鬆！**
**Take it easy!**

▶ 用來鼓勵沮喪的人時，有「別再深陷煩惱」的意思，為他人吶喊加油時則有「放鬆去做吧」的意思。

**加油！**
**Break a leg!**

▶ 直譯為「斷條腿吧」，由來眾說紛紜，要鼓勵的對象即將在大眾前說話或表演（包括做簡報）時，這句話就非常好用。

**口語**

# Bonus Track

## 其他可以聰明推動話題的
## 方便小技巧

**接下來要學的表達方式**

儘管～／既然如此／我的提議是……／某個人曾告訴我

我有說過～嗎？／坦白說、真的／你介意～嗎？

你對～是怎麼想的呢？／你說什麼？／你或許不信，不過～

# 用「請」聰明表現同意
## Go ahead and... / 儘管～

　　在邀請對方「儘管～」的時候，只要記住 Go ahead and... 這個開頭語，說出口的英語聽起來就會高級許多。and 後面可以直接加上動詞，例如：同伴的餐點先上桌時，使用 Go ahead and eat your food.（儘管先吃吧）這個措辭聽起來就厲害多了。

　　雖然句型中沒有用到 please，**但是這句話蘊藏著「不必顧慮我」、「不必拘束」的意思，一點也不會粗魯。**此外，聽到他人問「可以～嗎」，尋求許可、請求讓路或讓座時，甚至是你與對方同時開口，想讓對方先說話時，都可以使用 Go ahead.（請、你先請）。

---

你家好棒。
➡ This is such a nice house.
謝謝，我去端茶過來，你先坐一下。
➡ Thanks. Go ahead and take a seat while I get tea.

---

你要去哪裡？
➡ Where are you going?
洗手間。你可以先開始放電影。
➡ The restroom. Go ahead and start the movie.

---

啊，我的電話響了。
➡ Oh, my phone is ringing.

Go ahead and take a seat while I get tea.

你接吧。
➡ Go ahead and take it.

- - - - - - - - - - - - - - - - - - - - - - - - - - - - - - - - - - - -

你在哪裡？
➡ Where are you?
我還塞在路上，你們別管我，先開會吧。
➡ Stuck in traffic. Go ahead and start the meeting without me.

- - - - - - - - - - - - - - - - - - - - - - - - - - - - - - - - - - - -

這件事情是否需要你的批准？
➡ Should I get your approval on this?
不用，你可以傳真出去了。
➡ No. Go ahead and send it by fax.

- - - - - - - - - - - - - - - - - - - - - - - - - - - - - - - - - - - -

你覺得誰有 USB 隨身碟可以借我？
➡ Do you think anybody has a USB drive I can borrow?
不知道耶，你問問看吧。
➡ I don't know. Go ahead and ask.

 對話
小技巧　只要加上 Go ahead 就能夠讓回答變得相當得體。

# 02 用「既然如此」明快附和
## In that case... / 既然如此

中文會話中經常在聽到對方的話後，以「既然如此」開頭來接著回答。但是要轉換成英語時，要不是只想得出 if...，不然就是什麼也想不出來。

這時 In that case... 就相當好用。這個開頭語具有「喔～既然是這樣的話」、「如果是這樣」的意思，有助於順利接話。

這裡的 case 意指「場合」或「狀況」，此外母語人士也很常使用 That's the case.（事實就是如此）。

順道一提，If that's the case, ... 也是類似的表達方式，可以用在想講「既然如此」的時候。

- - - - - - - - - - - - - - - - - - - - - - - - - - - - - - - - - - -

你必須出席明天的會議。

➡ It's really important that you attend the meeting tomorrow.

既然如此，我就調整一下行程。

➡ In that case, I'll change my plans.

- - - - - - - - - - - - - - - - - - - - - - - - - - - - - - - - - - -

不巧的是，我沒有那麼喜歡義式料理。

➡ I'm afraid I'm not a big fan of Italian food.

既然如此，我們改法式餐廳如何？

➡ In that case, how about a French restaurant instead?

- - - - - - - - - - - - - - - - - - - - - - - - - - - - - - - - - - -

這星期忙得不得了。

➡ I'm extremely busy this week.

In that case,
I'll change my plans.

既然如此，今天下午我可以幫忙。

➡ In that case, I could help you out this afternoon.

- - - - - - - - - - - - - - - - - - - - - - - - - - - - - - - - - - - - - - - - - - - - - - - - - - - -

主管表示價格可以再優惠十％。

➡ My superiors are willing to lower the price by a further ten percent.

既然如此，我們確實有興趣。

➡ In that case, we're certainly interested.

- - - - - - - - - - - - - - - - - - - - - - - - - - - - - - - - - - - - - - - - - - - - - - - - - - - -

瑪麗下個月要請特休假。

➡ Marie just submitted a vacation request for next month.

既然如此，就得找個人代理她的工作。

➡ In that case, we'll need to find someone to cover her shifts.

- - - - - - - - - - - - - - - - - - - - - - - - - - - - - - - - - - - - - - - - - - - - - - - - - - - -

戴維斯先生帶助手來參加討論了。

➡ Mr. Davis brought his assistant to the meeting.

既然如此，我去隔壁房間再拿一張椅子過來。

➡ In that case, I'll get an extra chair from the next room.

**對話 小技巧**　只要一句簡短的話，就能夠使對話節奏更棒。

# 03 用「提議」開門見山
## Here's my suggestion.
### / 我的提議是……

　　對話時經常會需要提議某件事情，詢問對方：「你覺得這麼做如何呢？」前面介紹過 Maybe we should...（P.70）、I guess we could...（P.72）等溫和的提議方法，在這個單元則要介紹**直接說出「我有個提議」的方法**。但是使用直接了當的提議技巧時，若提出的意見不夠好就會有些掃興，所以請特別留意。

　　此外，這種場合通常會以祈使句敘述自己的提議。或許很多人聽到祈使句就會想像帶有強迫感的語氣，但是這邊搭配祈使句只是單純讓內容變得輕鬆一點，所以可以盡情使用，不必擔心。

......

我不小心把咖啡灑到主管的電腦了。
➡ I spilled some coffee on my boss's computer.
我建議你老實告訴他。
➡ Here's my suggestion. Just tell him the truth.

......

這份資料非常難做。
➡ This paperwork is too difficult.

> Here's my suggestion. Just tell him the truth.

我建議你去一樓找貝姬幫忙。

➡ Here's my suggestion. Go to the first floor and ask Becky for help.

- - - - - - - - - - - - - - - - - - - - - - - - - - - - - - - - - - - - - - - - -

我真的很希望下星期五能夠早退。

➡ I really want to leave work early next Friday.

我建議你先去問問看，才知道會不會成功。

➡ Here's my suggestion. Try asking and see what happens.

- - - - - - - - - - - - - - - - - - - - - - - - - - - - - - - - - - - - - - - - -

前往客戶工廠的最佳路線是什麼？

➡ What's the best way to get to the client's factory?

我建議你先搭火車到最近的車站後，再搭計程車過去。

➡ Here's my suggestion. Take the train to the nearest station, and then go by taxi.

- - - - - - - - - - - - - - - - - - - - - - - - - - - - - - - - - - - - - - - - -

我不知道午餐會議該怎麼穿。

➡ I don't know what to wear for the lunch meeting.

我的建議是穿襯衫與套裝就好，但是領帶還是帶著以防萬一。

➡ Here's my suggestion. Wear a shirt and suit, but bring a tie just in case.

- - - - - - - - - - - - - - - - - - - - - - - - - - - - - - - - - - - - - - - - -

客戶請我帶他逛逛東京。

➡ My client asked me to show him around Tokyo.

我建議你白天帶他去淺草，晚上再帶他去新宿。

➡ Here's my suggestion. Go to Asakusa during the day and then Shinjuku at night.

**對話小技巧**　提議時可以使用祈使句，不必擔心失禮。

# 04 用「有人說」確實溝通
## Someone told me...
### / 某個人曾告訴我

要表達「聽某人說的」時,中文通常會說「我聽 XX(人名)說」。英語也一樣,可以用 I heard from XX. 來表達,由於這句英語幾乎等於中文直譯,所以很好理解。

但是母語人士也很常省略人名,直接說 Someone told me...,這可以說是種簡單又好用的開頭語。

**不想明說消息來源時,只要用 someone(某人)代替即可**。這種想要模糊消息來源的情況,有另一種說法是 A little bird told me.。不亮出名字,以「是小鳥說的」帶過,是相當流行的表達方式。

. . . . . . . . . . . . . . . . . . . . . . . . . . . . . . . . . . . . . . .

我聽說你會說西班牙文。
➡ Someone told me you speak Spanish.
是的,因為我祖母是墨西哥人。
➡ Yes. My grandmother is Mexican.

. . . . . . . . . . . . . . . . . . . . . . . . . . . . . . . . . . . . . . .

我聽說你很會做菜。
➡ Someone told me you are a really great cook.
你說什麼?這根本不是事實。
➡ What? That's not true at all!

. . . . . . . . . . . . . . . . . . . . . . . . . . . . . . . . . . . . . . .

我聽說喬許被開除了。
➡ Someone told me Josh got fired.

真的嗎？我猜是因為他常常遲到吧。

➡ Really? I guess it's because he was always late.

........................................................................................

我聽說這些襯衫買一送一。

➡ Someone told me that these shirts are buy one get one free.

抱歉，買一送一的優惠只適用 POLO 衫。

➡ I'm sorry, but that offer only applies to polo shirts.

（※buy one get one free：買一送一）

........................................................................................

聽說這個月還會裁掉很多人。

➡ Someone told me there might be more layoffs this month.

我猜是因為景氣一直沒有回升造成的。

➡ I guess the economy is still not doing well.

........................................................................................

我聽說你用過 Linux。

➡ Someone told me that you have experience using Linux.

是的，我用過。

➡ Yes, I do.

| 對話小技巧 | I heard that...（好像是～）也可以用在類似的句意中。 |
|---|---|

# 用「我說過嗎？」讓對話簡明扼要
## Did I mention...? / 我有說過～嗎？

中文對話中有時會反覆聊到相同話題，當然英語也不例外。**有時隱約記得自己好像提過，但若是自己記錯的話，又必須告訴對方才行……**這時用 Did I mention...? 就相當方便。

善用這個開頭語，對方就不會覺得「這件事情早就講過了」，或感到不以為然。

就算是自認為沒說過的話題，也可以刻意使用這個句型，提及自己想強調的重點，例如 Did I mention this product comes with a new feature?（我有提過這個商品又增加新功能了嗎？），如此一來肯定能夠讓推銷進展得更順利。

. . . . . . . . . . . . . . . . . . . . . . . . . . . . . . . . . . . . . . . . . . . .

我們必須雇用新的經理了。
➡ We need to hire a new manager.
我有提過我擁有管理經驗嗎？
➡ Did I mention I have management experience?

. . . . . . . . . . . . . . . . . . . . . . . . . . . . . . . . . . . . . . . . . . . .

琳達真的很懂電腦。
➡ Linda knows a lot about computers.
我有說過她是程式設計師嗎？
➡ Did I mention she's a programmer?

. . . . . . . . . . . . . . . . . . . . . . . . . . . . . . . . . . . . . . . . . . . .

你好常去夏威夷喔！
➡ You really visit Hawaii a lot.

我有提過我在夏威夷有棟別墅嗎？

➡ Did I mention I have a vacation home there?

........................................................

你的日文好厲害。

➡ You speak Japanese very well.

謝謝，我有提過我已經在日本工作十年以上了嗎？

➡ Thank you. Did I mention I've worked in Japan for more than ten years?

........................................................

我好期待派對！

➡ I'm so excited for the party!

我也是！我有提過這次是辦在船上嗎？

➡ Me, too! Did I mention it will take place on a boat?

........................................................

你有要在那間店買什麼嗎？

➡ Do you need anything from the store?

我有提過家裡的蛋沒了嗎？

➡ Did I mention we're out of eggs?

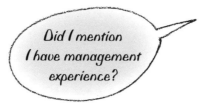

| 對話小技巧 | 想要刻意重複重要的事情時，也可以使用這個開頭語。 |
| --- | --- |

# 06 用「have to」大力表達積極感
## I have to say… / 坦白說、真的

前面談過很多次母語人士的情感表達很豐富，這邊還要再介紹最後一個相關的開頭語 I have to say…。這個的語意為「（雖然我不想講）但是我仍必須講～」，因此**母語人士經常藉此表達比較負面的事情**。

但是這個開頭語同時也擁有「貨真價實」的含意，因此**也可以用來強調正面的事情**。舉例來說，像 Tonight was really fun.（今晚非常開心）這種表達感想的句子，就可以用 I have to say tonight was really fun.（今晚真的非常開心）來傳達打從心底的想法。這種情況使用的 I have to say…，具有類似 actually、in fact 等的性質。

. . . . . . . . . . . . . . . . . . . . . . . . . . . . . . . . . . . . . . . . . . . . . . . . . .

你覺得這碗湯如何？
➡ How did you like the soup?
真的很美味。
➡ I have to say it was very good.

. . . . . . . . . . . . . . . . . . . . . . . . . . . . . . . . . . . . . . . . . . . . . . . . . .

你覺得這餐如何？
➡ How did you like your food?
不得不說，我沒想過竟然會每一道都這麼好吃。
➡ I have to say I didn't expect everything was so delicious!

. . . . . . . . . . . . . . . . . . . . . . . . . . . . . . . . . . . . . . . . . . . . . . . . . .

你在東京待得開心嗎？
➡ How are you enjoying Tokyo?

雖然這是我初次造訪日本，但是真的很棒！

➡ This is my first time visiting Japan, but I have to say I love it!

你看過我們公司的新網站了嗎？

➡ Did you see our new website?

坦白說我不太喜歡。

➡ I have to say I don't like it.

我決定辭職去開餐廳。

➡ I've decided to quit my job and open a restaurant.

坦白說我覺得這是個錯誤的決定。

➡ I have to say I think you're making a mistake.

你有什麼話要對我說的嗎？

➡ You wanted to speak to me?

不得不說，我對你這個月的業績很失望。

➡ I have to say I'm disappointed in your sales this month.

I have to say
it was very good.

 對話
小技巧　就算是同一個開頭語，意思也會因表情與語調的
不同而產生一百八十度的轉變。

# 07

# 優雅問一聲「你介意嗎？」
## Do you mind if...? / 你介意～嗎？

實際對話經常會需要尋求對方的許可，例如「我可以坐下嗎？」、「可以借我嗎？」、「我可以拜託你一件事情嗎？」等等。

前面有針對尋求許可介紹過簡單的表達方法—— Is it okay to...?（P.130）但是心有餘力時，建議背熟 Do you mind if...?，更優雅也更加方便。

兩者的意思幾乎相同，但是 Do you mind if...? **比較拐彎抹角，是「你會介意我這麼做嗎？」的意思**。假設回答時覺得「可以」就必須說 No.，回答 Yes. 的話就會變成「不同意」，請特別留意。

........................................................

你介意我坐在這裡嗎？
➡ Do you mind if I sit here?
不會，請坐。
➡ No, go ahead.

........................................................

你介意我把暖氣關小一點嗎？
➡ Do you mind if I turn down the heater?
不會，這裡愈來愈熱了。
➡ No. It's getting hot in here.

........................................................

你介意我拿一本小冊子嗎？
➡ Do you mind if I take one of these pamphlets?

Do you mind if I sit here?

儘管取用。
➡ Sure, help yourself.

................................................

我可以向你借傘嗎？
➡ Do you mind if I borrow your umbrella?
請用，這把傘拿去吧。
➡ Here, take this one instead.

................................................

社內報可以刊登你的照片嗎？
➡ Do you mind if I use your photo for the company newsletter?
我希望不要刊登。
➡ I'd prefer if you didn't.

................................................

可以請你幫我告訴約翰嗎？
➡ Do you mind if I leave a message with you for John?
好啊，讓我記下來。
➡ Sure, just write it down.

 對話
小技巧 　同意的話就回答 No，不同意就要說 Yes。

# 08

# 藉「feel」拉近距離
## How do you feel about…?
### / 你對～是怎麼想的呢？

用中文聊天時很常使用「你覺得怎樣？」這樣的句型，對吧？聽到他人詢問自己的意見或感想時，任誰都會感到開心。在英語對話中善用此句型，同樣能夠提升談話熱度，所以建議盡量使用。

用來表達如此意思的常見英語開頭語為 What do you think about…?，另外也可以改成 How do you feel about…?。

在這個句型裡，**think 比較像在詢問意見，feel 則有將感想化為言語的意涵**，能夠進一步引導出對方的真心話，拉近雙方的距離。

此外也請注意 What 與 think、How 與 feel 各自的組合，千萬別搞錯囉。

........................................................

你對新商標的設計有什麼想法？
➡ How do you feel about the new logo design?
我覺得很棒！
➡ I think it looks great!

........................................................

你對新政策有什麼感覺？
➡ How do you feel about the new policy?
我需要一點時間適應。
➡ It'll take time to get used to it.

........................................................

你對辦公室搬遷有什麼想法？
➡ How do you feel about the office move?

How do you feel about the new logo design?

可以接受，只是我的通勤時間變長了。
➡ It's okay, but it's going to make my commute longer.

. . . . . . . . . . . . . . . . . . . . . . . . . . . . . . . . . . . . . . . . . . . . . . . . . . . .

你覺得我的新髮型怎樣？
➡ How do you feel about my new haircut?
很適合你！
➡ It really suits you!

. . . . . . . . . . . . . . . . . . . . . . . . . . . . . . . . . . . . . . . . . . . . . . . . . . . .

你對參加馬拉松有什麼感覺？
➡ How do you feel about joining a marathon?
我不覺得我跑得完全程。
➡ I don't think I can finish.

. . . . . . . . . . . . . . . . . . . . . . . . . . . . . . . . . . . . . . . . . . . . . . . . . . . .

你對於領導下一個專案有什麼看法？
➡ How do you feel about heading the next project?
我認為自己可以勝任。
➡ I think I can do it.

 對話小技巧　What 就搭配 think，How 就搭配 feel，請注意別混淆了。

# 09

# 藉「複述」重新問一次
# You... what? / 你說什麼？

　　沒有聽清楚對方說的話時，雖然想問清楚卻語塞不知怎麼問，各位是否有過這樣的經驗呢？

　　P.104 有介紹過反問的五種句子，除此之外最好用的就是「複述＋what」。假設對方表示 I want to buy a car.，而自己沒聽清楚 a car 這部分時，就可以詢問 You want to buy what? 確認。

　　You...what? 句型不僅可以用來確認，還可以用來表現「震驚」、「傻眼」或「意外」的情緒。**也就是其實聽得很清楚，但是仍透過反問表現出自己的震驚。**

　　如果使用這個句型的是對方，則請透過表情與語氣去判斷他是確認還是震驚吧。

- - - - - - - - - - - - - - - - - - - - - - - - - - - - - - - - - - - -

我總有一天要當個創業家。
➡ I want to be an entrepreneur someday.
你說你要當什麼？
➡ You want to be what?

- - - - - - - - - - - - - - - - - - - - - - - - - - - - - - - - - - - -

我就是人們所謂的千禧世代。
➡ I'm considered as a millennial.
你說你是人們所謂的什麼？
➡ You're considered as a what?

- - - - - - - - - - - - - - - - - - - - - - - - - - - - - - - - - - - -

我大學時很喜歡解析幾何學。

➡ I liked analytical geometry when I was in college.

你說你喜歡什麼？

➡ You liked what?

. . . . . . . . . . . . . . . . . . . . . . . . . . . . . . . . . . . . . . . . . . . . . . . . . . . . . . . . . . . .

我答應早上六點要去見客戶。

➡ I agreed to meet the client at 6:00 in the morning.

你說你答應了什麼？！

➡ You agreed to what?!

. . . . . . . . . . . . . . . . . . . . . . . . . . . . . . . . . . . . . . . . . . . . . . . . . . . . . . . . . . . .

我賣掉婚戒了。

➡ I sold my wedding ring.

你說你賣掉什麼？！

➡ You sold what?!

. . . . . . . . . . . . . . . . . . . . . . . . . . . . . . . . . . . . . . . . . . . . . . . . . . . . . . . . . . . .

我花八百美金買了這雙鞋子。

➡ I paid 800 dollars for these shoes.

你說你花了多少？！

➡ You paid what?!

*You want to be what?*

| 對話 小技巧 | 表達震驚時，表情與語調要誇張一點。 |
|---|---|

# 10

### 先表明「你會嚇到喔」

## Believe it or not, ...

### / 你或許不信，不過～

與母語人士用英語聊天時，是否遇過想幽默一下，結果對方卻沒聽懂，讓整段對話卡住的窘境呢？

因此最後要介紹比較高階，但是熟悉後就非常好用的開頭語 Believe it or not, ...。

明快使用這個開頭語，**在進入正題前先表達「我接下來要說的肯定會嚇到你」的意思**，對方就能夠預測待會兒該做出什麼樣的反應。

就算實際說出口的事情沒有那麼令人震驚，母語人士應該還是會順著這句話，回以 Wow!、That's amazing. 等適當的反應。

---

你或許不信，我其實是一名會計師。
➡ Believe it or not, I work as an accountant.
你的數學肯定很棒吧！
➡ So you must be good at math!

---

> Believe it or not,
> I work as
> an accountant.

你或許不信，但是約翰曾經是我的同事。

➡ Believe it or not, John and I used to work together.

原來如此，難怪這次的工作你會指定由他來做。

➡ I see. That's why you named him for this job.

- - - - - - - - - - - - - - - - - - - - - - - - - - - - - - - - - - - - -

你或許不信，但是我取消婚禮了。

➡ Believe it or not, I canceled my wedding.

發生什麼事情了？！

➡ What happened?!

- - - - - - - - - - - - - - - - - - - - - - - - - - - - - - - - - - - - -

其實今天麥克有打電話來。

➡ Believe it or not, Mike called me today.

哇！好久沒聽到他的名字了。

➡ Wow! I haven't heard his name in a while.

- - - - - - - - - - - - - - - - - - - - - - - - - - - - - - - - - - - - -

你或許不信，我曾經是位女演員。

➡ Believe it or not, I used to be an actress.

哇！我都不知道耶。

➡ Wow! I didn't know that.

- - - - - - - - - - - - - - - - - - - - - - - - - - - - - - - - - - - - -

你或許不信，不過我的多益考了九百分。

➡ Believe it or not, I got a 900 on the TOEIC.

好厲害，請告訴我你的讀書方法。

➡ That's amazing. Please tell me your study methods.

| 對話<br>小技巧 | 就算內容並非真的很令人震驚，這個開頭語仍可炒熱談話氣氛。 |
| --- | --- |

能夠迅速應用的句子⑦

# 想為「改天見」來點變化時

各位在道別的時候，是否總是一成不變地說著 Goodbye 呢？事實上這裡可以視雙方的親密程度，選擇不同的道別說法，所以請各位善用下面介紹的句子吧。

**正式**

### 今天真的很開心見到你。
### It was a pleasure to meet you.

▶ pleasure 是名詞，所以請別忘記加上冠詞 a。

### 和你交談很愉快。
### Nice talking to you.

▶ 最後聽到這句話時，應該沒有人會不開心，所以請看著對方的眼睛用這句話做結尾吧。

### 那麼祝你有個美好的一天。
### Have a nice day then.

▶ Have a nice day. 是道別時登場機率非常高的句子，最後加上 then 則可增添「那就這樣囉」的意涵，也可以在掛電話前使用。

### 明天見。
### See you tomorrow.

▶ 想說「改天見」的時候可以說 See you. 或 See you around. 等。

### 保重。
### Take care.

▶ 這個句子的意思為「注意（身體等）」，很常在道別時用來代替再見，同時也可以當作信件的結尾語。

**口語**

# PART 2

## 更上一層樓
──絕對不怕浪費時間的
最有效率學習法

本書介紹的會話技巧與「開頭語」應該能夠幫助各位大幅提升英語的「瞬間爆發力」。所以請務必重複閱讀並實際唸出來，將這些語句內化成自己的英語能力。

熟悉這些開頭語並能夠隨心所欲運用時，肯定能夠降低「用英語表達想法」的不安，提升信心，也會更喜歡製造用上這些開頭語的機會。藉此學會從各種角度應對他人的發言，回以給人良好印象的答覆，而非陷於既定窠臼時，漸漸地就能夠準確傳達自己的想法。

當各位能夠自在運用本書的開頭語後，下列這幾種情緒想必也會更加強烈。

● 希望能夠用英語表達更多的事情。

● 希望能夠更精準理解對方的發言。

● 希望能夠用英語去理解英語。

因此本單元要追求的，就是在熟悉會話技巧與開頭語後，讓英語能力更上一層樓、能夠與母語人士進行深度交流的學習法。

## ▶ 鍛鍊「單字能力」與「表達能力」的訓練法

有機會展開英語對話後，就會比較不抗拒用英語開口。想要再更進步的話，就必須吸收更多的英語，也就是重視「Input」（接收）。

本書的主旨是用「最基本的單字能力」就能展開英語會話，不過若能夠認識更多的單字，使其與前面介紹的開頭語等比成長，就可以發揮更棒的效果。

# 輕鬆升級的學習法

## 閱讀╳聆聽

**熟悉開頭語！**

接下來呢？

## 提升「單字能力」與「表達能力」！

但是為了多背一些單字，從單字書的「A」項目開始記，結果卻相當挫敗──是不是很多人都有過這樣的經驗呢？

閱讀本書亦同，因為所有例句都是以會話形式列出，不釐清來龍去脈就死背的話，是絕對無法熟記更多單字的。

那麼我們該怎麼做，才能夠在自然又有效率的情況下，鍛鍊單字能力與表達能力呢？

接下來就要介紹我推薦自己學生使用的有效鍛鍊方法。

### ▶ 「閱讀」是能夠同時提升所有英語能力的最強接收法

英語能力分成「聽說讀寫」四種，其中「Input」指的就是聽力與閱讀這兩種。

母語人士從小的接收主力就是「聽」。對兒童來說，「聽」應該是最輕鬆的學習方法了吧？他們的腦袋從生活中接收英語的「聲音」後，就自然而然形成「口說能力」。

但是對非母語人士的成人來說，用「聽」作為接收主力時其實效率稱不上好。

嬰兒時期就開始二十四小時聽英語的母語人士，從腦袋接收彈性最大的時期就開始接觸英語，當然適用這種方法。但是對非母語人士的成人來說，想要以「聽」為主力去熟悉英語的話，就必須耗費相當龐大的時間。

**成人在學習外文時，沒有比閱讀更有效率的接收法了。**

而且鍛鍊英語閱讀能力的同時，不僅聽力會跟著提升，**連「說」與「寫」這些「Output」（產出）能力也會跟著變好。**

因此這邊要告訴各位的，就是讓閱讀訓練發揮最大效果的技巧。

## 技巧 1 　找出自己「不懂」的部分

假設有篇英語文章，當中含有自己不懂的單字或文法，如果只有一個地方不懂，那還是有機會推敲出整體意思。但是**不懂的地方愈多，整體意思就愈模糊。**

如果這篇文章是用聽的，那麼不懂的地方只好聽過就算了，最後很容易陷入「我也搞不清楚自己不懂的是哪部分」的狀態，結果就只能放著問題不管。

但若是用閱讀的方式吸收這篇文章，由於英語就近在眼前，所以一眼就可以看出不懂的部分。

在學習英語的過程中，「清楚瞭解不懂的部分」是很重要的環節。**找出自己不懂的部分，可說是提升英語能力的最好方法。**

很多英語學習者都害怕犯錯，但是學習英語時遇到不懂一點也不需要害羞或痛苦。不如該說，能夠遇見不懂的單字與文法才是好事一件，畢竟有這樣的經歷才能夠認識原本不知道的知識。

閱讀時發現不懂的語彙時，請先用螢光筆做記號或是用鉛筆畫線，事後再一口氣用字典查清楚即可，不必邊讀邊查。

## 技巧 2 ▶ 集中閱讀「同主題」文章

各位是中文的母語人士，熟悉的字詞是我的好幾倍，甚至還會達好幾十倍。如此龐大的語彙中，有多少是透過字典或單字書記下的呢？恐怕為數極少吧。

各位的中文幾乎都是從生活接收，並反覆聽到相同語句所累積出的結果，絕對不是「刻意學習後強行背起來」的。

也就是說，想要拓展自己熟悉的語彙，就必須**以自然而然的方式，重複遇見相同的單字。**

因此這邊建議各位在閱讀英語時也一樣，應大量閱讀相關內容或主題的文章。

既然是同主題的文章，當然會反覆出現相同的單字。

「技巧1」有提到，遇到不懂的單字時，事後再用字典一口氣查清楚。可惜遇到新單字的時候，通常只查一次字典是記不起來的。

但是反覆遇到相同的單字數次後，就逐漸能夠透過文章內的用法，推敲出單字的意思。用這種方式記起意思的單字才是最可靠的，因為這種從文章來龍去脈中學到的單字，會牢牢地記在腦海裡。

此外，多次推敲單字的意思時，推敲能力也會跟著提升。

據說每個成年的母語人士都記得五至六萬個英語語彙，但是英語學習者若是成年之後才開始學習的話，根本不可能記下這麼多語彙。

因此**遇到不認識的單字或文法時，能夠猜出意思的「推敲能力」就更加重要了**。而這份推敲能力可以透過反覆的閱讀一步步提升，由此可知，推敲能力是用英語交流時不可或缺的終極武器！

### 技巧 3 ▶ 看不懂也要「高速」閱讀

前面提到提升閱讀能力時，聽力也會等比成長。

尤其是若可以**透過閱讀提升「腦中處理語句與文章的速度」**時，就能夠對聽力的提升帶來莫大貢獻。

提升聽力的管道五花八門，其中一種就是「熟讀」。這種方法是一行一行仔細讀清楚，遇到不懂的單字時就馬上查字典。

遇到不懂的單字就查、遇到長句就用「／」符號來分段、無法理解文章意思時就反覆閱讀。這種方法非常適合品味文學作品的深遠涵義，或是用來思考同一單字的各種意思。

但是這種熟讀技巧進度緩慢，無助於提升「處理速度」。

因此這邊推薦的是與之相對的「速讀」。

速讀的優點之一就是在大量閱讀中，不會經過「將英語翻譯成中文後再來理解」、「必須透過中文理解英語」這個程序，**能夠直接以英語的思維去理解英語**。

對於追求百分之百理解的人來說，速讀可能會造成理解度下降的心理壓力。

但是高速接收英語資訊帶來的優點，遠比為了熟悉每一個單字而拖累速度多上許多。

速讀的習慣能夠培養出更快速、更有效率地吸收英語資訊的能力，連閱讀英語本身也會變得輕鬆。

所以閱讀英語時請一邊推敲，不要為了途中的障礙放慢速度，藉此鍛鍊推敲能力吧。從有條有理的文章中認識大量單字，學到的語彙比死記單字書還要利於活用。

加快資訊處理速度、提升單字能力之後，聽得懂的文章當然也會逐步增加——這正是提升閱讀能力有助於強化聽力的原因。

## 提升閱讀能力的三大技巧

**技巧1**
大量閱讀後找到
自己不懂的地方

**技巧2**
集中閱讀相同題材
的文章

**技巧3**
不要思考中譯，
直接高速閱讀

## ▶ 輕鬆鍛鍊寫作能力，寫出會話般的通順文章

透過閱讀增加能夠自然用出來的單字數量後，當然就要活用在會話上。透過閱讀習得的表達方式，必須正式用在會話中，才算真的學到這些單字或文法。

有些人用英語寫作的機會大於口說，因此也可以**試著寫出透過閱讀學到的表達方式**。

很多人都認為英語四大能力中，寫作能力的難度特別高。

但是我在美國上高中的時候，作文老師就很常這麼告訴學生：「**想不出要寫什麼的時候，就先試著像說話一般寫出來吧。**」

沒錯，其實「說話般的書寫」正是英語寫作能力的基本。

所以請各位試著在寫英語書信的時候，先懷著說話般的輕鬆態度吧。此外也可以在 Twitter 等社群網站中用英語寫貼文。

寫作能力與聽力、口說一樣，都能夠透過閱讀強化。

不管是否為母語人士，都是**閱讀量愈大的人愈善於表達**。因為閱讀這種接收訓練能夠豐富腦中的語彙，有助於學會精準表達自己的想法。

熟悉的語彙愈豐富，對話就愈輕鬆，當然就會愈來愈享受英語會話。體會到用英語談話的樂趣後，自然能夠提升寫作能力，像說話般地寫出文章。

英語能力的提升，正是由這些正向循環建構出來的。

## ▶ 將「聽」的效果發揮至最大程度

前面提過不能將「聽」當成英語接收主力，但是這並不代表英語聽力不重要。

英語四大能力「聽說讀寫」能夠相輔相成，心有餘力時當然是連聽力一併訓練最為理想。

聽力變好就能夠聽懂更多單字，使英語學習更加愉快。此外聽力鍛鍊只需要用到耳朵，因此遇到通勤搭車等不方便用手的時候，就能夠把握時間學習。

因此接下來還是要介紹，將聽力訓練效果發揮至最大程度的技巧。

## 技巧 1 ▶ 選擇有興趣的教材，長時間專注聆聽

聽力練習時不專注就沒有意義。但是聽力還不太好的時候，聽著幾乎都不懂的英語文章，往往聽到一半就失去專注力，不由自主思考起其他事情。

市面上有很多節目標榜讓人聽過去就好，藉此提升英語能力，但是我對此深感懷疑。因為**「聽過去就好」無法理解內容，無法理解的話就沒有學習效果。**

所以這邊要建議各位在練習聽力時，**選擇喜歡或有興趣的題材**，對內容有興趣或好奇的時候，才會專注去聽裡面到底在說什麼。

另外也建議在欣賞歐美電影或影集時關掉字幕，想辦法讓自己長時間專注在聆聽英語上。這邊建議選擇對話較多的類型，例如：人物交流相當有魅力的喜劇等。

喜歡的戲劇會令人想多看幾遍，如此一來，聽得懂的語句也會慢慢增加。

**同時動腦的「積極型」聆聽**

前面談過以聽力為主去練習時，會耗費龐大的時間，而且就算透過長時間的聆聽接收英語，仍不保證能夠提升英語能力。我十五年前左右曾與一位日本女性以英語聊天，她在第二次世界大戰後就與美國人結婚，並搬到美國定居。

儘管她在美國住了幾十年，會的英語卻相當粗淺。

其中一大原因，就是她的身邊有許多日本人，所以光憑日文就足以應付生活需求。

但是造成她英語能力不好的原因不只如此，我認為這是因為她「僅被動聆聽英語，從未內化成自己的知識」。當我指出她這方面的問題後，她的英語能力才開始大幅成長，現在已經達到相當不錯的程度了。

也就是說，在接收英語的時候，若不「積極地」動腦就無法提升實力。

所以聽完英語文章之後，請做筆記彙整聽到的內容，或是寫下聽到的語句等，藉此讓腦袋動一動。

### 如何將閱讀效果發揮至最大極限？

**每天專注聆聽有興趣的英語內容，
並在聆聽的同時動動腦。**

## ▶ 先大略讀過即可

不過本單元最建議的還是「總之就是先閱讀」。

時間上沒有限制的話，當然是均衡學習英語四大能力最為理想，但是時間不夠且認為「不管如何，我就是要先快速學會說英語！」的話，就必須決定好優先順序，從最有效率的部分開始努力。

也就是說，先熟記母語人士的會話模式與實用的開頭語，就可以先將現有的語彙能力運用在口說上。

**實現這個目標後還想繼續提升實力，就透過「大量閱讀」增加認識的語彙。**

這樣的做法才是邁向流利英語口說的捷徑。

能夠確實地閱讀英語，肯定有助於提升口說能力。

雖然有人表示自己會讀不會說，但是我認為這些人恐怕是沒有做到正確的英語閱讀。

所以不管是什麼樣的素材都無所謂，只要是自己有興趣的就拿來讀一讀，藉此大量累積自己的英語資本。


## ▶ 閱讀速度「愈快愈有趣」

「我不喜歡閱讀，因為很無聊。」很多人都有這樣的想法，我也能夠理解。事實上具備快速閱讀的能力時，閱讀就會轉變成一種快感。

因此最重要的是閱讀速度。不管標題多麼有趣，閱讀速度緩慢的話，就容易覺得無趣。

請各位試著想像以四分之一的速度欣賞喜歡的電影，原本只要兩小時就可以看完的電影卻花了八個小時。可以想見無論是什麼樣的傑作，都會令人覺得無趣。

以「一分鐘讀五十個字」的速度閱讀文章時，就如同花八個小時去看兩個小時的電影。

以母語人士的閱讀速度來說，一分鐘讀一百五十個字算「慢」、兩百五十個字算「普通」，三百五十個字才算是「好」。要是一分鐘能夠讀完五百個字，那就稱得上是相當優秀的速讀專家了。

至於非母語人士的英語學習者則建議**將目標設定為一分鐘兩百個字**，如此一來就能夠達到相當於一般母語人士的速度了。

雖然一分鐘能讀一百個字以上，就足以應付日常對話了，但是若能夠提升到一分鐘兩百個字，就連聽到新聞播音員或主播那相當快的語速，都能夠有一定程度的理解。如此一來，無論是什麼樣的英語，都能夠毫無壓力地聽懂了。

腦袋「**處理英語的速度**」能夠達到一分鐘兩百個字的程度時，就代表英語能力已經達到相當不錯的程度。

## ▶ 學會「一分鐘╳閱讀兩百字的方法」

下面是一篇約兩百字的文章，請試著以一分鐘為目標計時閱讀吧。

就算沒辦法清楚理解內容也無妨，因為先體驗到一分鐘兩百個字的速度感，就等於跨出很重要的一步了。

Julio Diaz was walking home when a teenager walked up to him with a knife. He was afraid that the boy would hurt him, so he handed over his wallet. The young man started to walk away, but Julio called out to him. "You forgot something. If you're going to be taking money from other people all night, you might want to take my coat too. It's cold."

Julio said this to the young mugger because he felt sorry for him. Julio felt the boy was doing this because he really needed the money. The mugger kept walking, but Julio didn't give up. Julio said to him, "I'm hungry. Would you like to join me for dinner?" The mugger stopped and turned around.

They went to a nearby restaurant, and then after a nice meal, Julio said he needed his wallet to pay for the dinner. The boy didn't run away with the wallet and a full stomach. Instead, he returned the wallet to Julio. Julio paid for dinner, and he also bought the mugger's knife from him for 20 dollars.

Julio doesn't know what the young man is doing now, but he hopes that he's a better person than before.

## 【中文翻譯】

在胡里奧‧迪亞茲回家的途中，有名少年持刀接近他。他擔心少年會傷害他，便交出自己的錢包。胡里奧在少年要離開時叫住了他，說：「你還有事情沒做吧？如果你要整晚在外面搶劫，或許會需要我的外套，畢竟天氣太冷了。」

胡里奧這麼說是因為憐憫這名年輕搶匪，他認為對方是迫於金錢需求才搶劫的。搶匪沒有停下來，但是胡里奧不肯放棄，他說：「我餓了，你願意和我一起吃晚餐嗎？」搶匪終於停下腳步並轉頭望向他。

他們去附近的餐廳享用一頓美味的晚餐後，胡里奧表示他得拿回錢包才能付帳。飽餐一頓的少年沒有帶著錢包逃跑，甚至將錢包還給胡里奧。胡里奧付了晚餐錢後，又以二十美金買下了少年的刀子。

胡里奧不曉得那名少年現在過得如何，但是他由衷希望對方能夠洗心革面。

各位是否發現要在一分鐘讀完這篇文章，沒有想像中那麼匆忙呢？或許沒有餘力去思考「這個關係代名詞要放這邊」以及每一句英語的中文意思，但是正因如此，學會速讀才能夠學會用英語去理解英語。

此外，透過前後文是不是能自然推斷出「mugger」是搶匪的意思呢？此外，「Julio Diaz」是西班牙語系的名字，所以應唸成胡立歐·迪亞茲而非朱立歐。

不管是什麼狀況下的英語，都可能像這樣出現不太理解意思或唸法的部分，但是如前面介紹的一般，遇到障礙時邊推敲邊閱讀，就能夠提升推敲能力。

書店的原文書專區與網路都可以找到許多英語文章，這些都很適合當成英語的閱讀教材。一開始會很辛苦，所以不妨在閱讀中文文章後，再去閱讀同主題的英語文章。

**在知道內容概要的前提下閱讀，就能夠高度理解閱讀的內容，學習幹勁也比較不容易降低。**

如此訓練能夠強化英語綜合能力，有助於提升多益與托福等英語檢定的分數，所以請務必嘗試。

# 更上一層樓的學習技巧

◎「閱讀」是最強的學習方式

◎「閱讀」是最有效率的學習法，不僅能夠提升會話能力，整體英語
綜合能力都會跟著變好。

　➡找出自己不懂的部分

　➡閱讀同主題的文章

　➡目標一分鐘閱讀兩百字

◎「寫作」要像說話般輕鬆寫出來

◎「聽力」要用有興趣的教材鍛鍊

　➡專注與積極思考是進步的關鍵

　　　總之就是要以「樂在其中的方法」接觸英語！

# 後記

　　感謝各位閱讀本書。開頭曾經談過，非母語人士的英語學習者從國、高中就開始學英語，生活中也有不少接觸英語的機會，整體來說英語能力與單字能力並不差。

　　然而我這些年來卻看過許多學生，因為不曉得「開頭語」與「會話模式」，只能說著 I am、You are，或是「嗯……」了半天後卻只能沉默。在開口的階段就卡住了，當然就說不出能夠表達想法的自然英語。

　　但是現在各位已經習得了開頭語相關知識，再來只要運用已經知道的單字即可！

　　或許有些英語教育者聽到「快速開口說英語」的書籍會皺眉，但是不管是什麼學習管道，只要能夠幫助人們實際用英語交流，就能夠讓學英語變得更快樂，並引導出想進一步學習的欲望。而這也是本書的目標。

　　如果各位閱讀完本書後，還想要再進一步強化英語能力時，從今以後請多多製造說英語的機會吧！平常請多加練習本書介紹的開頭語，並活用已知的單字。經歷過不斷的嘗試與犯錯，才能夠靈活運用更豐富的表達方式。

　　事實上我由衷希望閱讀本書的各位，未來遇到愈多無法順利表達的障礙。因為如果少了這份焦慮，就不會想要反覆閱讀本書吧？如此一來，就沒辦法品味「暢所欲言的快感」了。

就算説錯或是交流失敗，每一次開口經驗都能夠帶來更多的信心，隨之而來的就是更積極的態度與學習欲，幫助各位進入提升實力的良好循環。本書由衷期望各位都能夠達到這個目標。

大衛・泰恩
二〇一八年五月

輕鬆學系列 032

# 只用 50 個開頭語，就能輕鬆開口說英文
最低限の単語力でもてっとりばやく英語が話せる

| | |
|---|---|
| 作　　　者 | 大衛・泰恩 |
| 譯　　　者 | 黃筱涵 |
| 總 編 輯 | 何玉美 |
| 責任編輯 | 陳如翎 |
| 封面設計 | 張天薪 |
| 內頁排版 | theBAND・變設計─ Ada |

| | |
|---|---|
| 出版發行 | 采實文化事業股份有限公司 |
| 行銷企劃 | 陳佩宜・馮羿勳・黃于庭・蔡雨庭 |
| 業務發行 | 張世明・林踏欣・林坤蓉・王貞玉 |
| 國際版權 | 王俐雯・林冠妤 |
| 印務採購 | 曾玉霞 |
| 會計行政 | 王雅蕙・李韶婉 |
| 法律顧問 | 第一國際法律事務所　余淑杏律師 |
| 電子信箱 | acme@acmebook.com.tw |
| 采實官網 | www.acmebook.com.tw |
| 采實臉書 | www.facebook.com/acmebook01 |

| | |
|---|---|
| I S B N | 978-986-507-003-8 |
| 定　　　價 | 300 元 |
| 初版一刷 | 2019 年 5 月 |
| 劃撥帳號 | 50148859 |
| 劃撥戶名 | 采實文化事業股份有限公司 |
| | 104 台北市中山區南京東路二段 95 號 9 樓 |
| | 電話：(02)2518-5198　傳真：(02)2518-2098 |

國家圖書館出版品預行編目 (CIP) 資料

只用 50 個開頭語，就能輕鬆開口說英文
/ 大衛 . 泰恩作；黃筱涵譯 .
-- 初版 . -- 臺北市：采實文化，2019.05
　面；　公分 . -- ( 輕鬆學系列；32)
譯自：最低限の単語力でもてっとりばやく英語が話せる
ISBN 978-986-507-003-8( 平裝 )

1. 英語 2. 會話

805.188　　　　　　　　　　108004719

SAITEIGEN NO TANGORYOKU DEMO
TETTORIBAYAKU EIGO GA HANASERU
by David Thayne
Copyright © 2018 A to Z English Inc.
Chinese (in complex character only) translation copyright ©2019
by ACME Publishing Co., Ltd.
All rights reserved.
Original Japanese language edition published by Diamond, Inc.
Chinese (in complex character only) translation rights arranged with
Diamond, Inc.
through Keio Cultural Enterprise Co., Ltd.

采實出版集團
ACME PUBLISHING GROUP

版權所有，未經同意
不得重製、轉載、翻印